Pôle fiction

Du même auteur
chez Gallimard Jeunesse :

Quatre filles et un jean :
1. Quatre filles et un jean
2. Le deuxième été
3. Le troisième été
4. Le dernier été
5. Quatre filles et un jean, pour toujours

Toi et moi à jamais
Trois amies pour la vie
L'amour dure plus qu'une vie

Ann Brashares

Ici et maintenant

Traduit de l'américain par
Vanessa Rubio-Barreau

GALLIMARD

Titre original : *The Here and Now*
Édition originale publiée aux États-Unis par Delacorte Press,
une marque de Random House Children's Book,
un département de Random House LLC.
Tous droits réservés.
Cette traduction est publiée avec l'accord de Random House
Children's Book, un département de Random House LLC.
© Ann Brashares, 2014, pour le texte.
© Gallimard Jeunesse, 2014, pour la traduction française.
© Gallimard Jeunesse, 2015, pour la présente édition.

*Pour notre cher Isaiah,
capitaine des voyages familiaux dans le temps.*

*Et pour l'équipe éditoriale compétente, patiente et dévouée sans laquelle ce livre n'aurait pas existé: Josh Bank, Beverly Horowitz, Wendy Loggia, Leslie Morgenstein, Sara Shandler, Katie Schwartz et Jennifer Rudolph Walsh.
Merci.*

Le passé est un pays étranger :
ils ne font rien pareil là-bas.
L. P. Hartley, *Le Messager*

S'il était possible de voyager dans le temps,
nous serions envahis de touristes venus du futur.
Stephen Hawking

PROLOGUE

23 avril 2010
Au bord de la rivière Haverstraw

Comme son père avait du travail, Ethan était allé pêcher tout seul. En principe, il se contentait de le suivre à travers bois jusqu'au bord de la rivière, en écrasant les bestioles qui lui piquaient les mollets. Il fut surpris de constater que, en réalité, il connaissait à peine le chemin alors qu'il était déjà venu des dizaines de fois. Désormais, il se le rappellerait.

Lorsqu'il arriva enfin sur la berge, ce n'était pas à l'endroit habituel, mais c'était la même eau. Les mêmes poissons. Il posa son sac à dos, accrocha l'appât à son hameçon, et lança sa ligne. Comme il était seul, ce n'était pas pareil : il pêchait dans l'espoir d'attraper quelque chose et non d'épater son père.

Il écoutait le clapotis de l'eau, surveillait sa ligne, savourait le calme ambiant. Tout était parfaitement tranquille. Sauf là-bas. Un peu plus loin. Il repéra du mouvement.

Il plissa les yeux. Les écarquilla puis les ferma, pour chasser cette impression que l'air bougeait au-dessus de l'eau. Mais quand il les rouvrit, rien n'avait changé. On aurait dit que l'air frémissait...

Il fit quelques pas en emportant sa ligne et arriva en vue d'un petit pont de bois. De l'autre côté de ce pont, tout était calme, les feuilles ne bougeaient pas. Mais, près de lui, l'air s'agitait de plus en plus, ondoyait comme l'eau de la rivière. Tandis qu'il approchait lentement, l'air prit une texture étrange. Plissant à nouveau les yeux, Ethan vit la lumière se fragmenter en rayons colorés, tel un arc-en-ciel, autour de lui. Il fit encore quelques pas et sentit l'air sur sa peau, presque liquide, doux et fluide. Il ne pouvait fixer son regard sur rien, tout bougeait bien trop rapidement.

Il avait perdu sa canne à pêche. L'air et l'eau de la rivière semblaient se mêler, l'attirant dans leur mouvement. Il avait perdu toute notion de haut, de bas, de ciel, de terre, et même des limites de son corps. Le plus étrange, c'est qu'il ne paniquait pas, il ne cherchait pas à savoir ce qui se passait. C'était comme un rêve éveillé qui le plongeait dans un monde inconnu.

Il avait perdu la notion du temps. Un siècle aurait pu s'écouler ou bien à peine quelques secondes. Mais à un moment, le vortex tourbillonnant d'air et d'eau le recracha brutalement sur la terre ferme et, lentement, les éléments reprirent leur place. Il ferma les yeux un instant, et quand il les rouvrit, la rivière coulait à nouveau dans son lit, l'air était à nouveau invisible et le soleil en un seul morceau. Il s'assit pour reprendre des repères de base – le haut, le bas...

C'est alors que la tempête fit vibrer les feuillages… et une fille en sortit.

Elle faisait sans doute partie de son rêve car elle ne semblait pas constituée de chair et d'os. Ses contours étaient flous. C'était bien le genre de fille qui peuplait ses rêves car elle avait à peu près son âge et, mis à part ses longs cheveux trempés qui collaient à sa peau, elle était nue, telle une sirène ou une princesse elfique. Mais vu qu'elle sortait tout droit de son imagination, il se sentait autorisé à la fixer crûment.

Il s'aperçut alors qu'elle avait les bras croisés, comme si elle avait froid ou honte. Elle avait de la boue jusqu'aux genoux. Il entendait sa respiration haletante. Plus il l'observait, plus sa silhouette se faisait précise, gagnait en netteté et en détails… tant et si bien qu'il finit par se dire qu'elle était peut-être réelle et qu'il ne devrait pas la fixer ainsi.

Il se leva, en s'efforçant de garder pudiquement la tête baissée. Quelques brefs coups d'œil le convainquirent que, même si autour d'elle l'air semblait perturbé, il ne s'agissait pas d'une nymphe de son invention, mais d'une pauvre fille trempée, qui grelottait de froid, avec les pieds boueux et un drôle de bleu au creux du bras.

– Ça va ? Tu as besoin d'aide ? demanda-t-il.

Il revenait péniblement à la réalité.

Elle avait dû nager et avait sans doute été emportée par le courant au moment de l'espèce de tempête. Il faisait pourtant vraiment trop froid pour se baigner.

Elle ne répondit rien. Il s'efforçait de ne regarder que son visage. Elle avait de grands yeux, les lèvres serrées. Il entendait le bruissement des feuilles autour d'eux. Elle avait du mal à reprendre son souffle. Elle secoua la tête.

– Tu es sûre ?

Elle répéta le même geste. Elle se tenait toute raide, comme si elle avait peur de bouger.

Elle était bien réelle, mais très différente des filles qu'il connaissait, et pas seulement parce qu'elle était dévêtue. Elle était très belle.

Il ôta son sweat-shirt à capuche trempé des New York Giants et le lui tendit en faisant quelques pas vers elle.

– Tu le veux ?

Elle secoua la tête, mais y jeta un coup d'œil, avant de le fixer, lui.

Il se rapprocha encore.

– Franchement. Tu pourras le garder, si tu veux.

Il le brandit sous son nez et, après un instant de réflexion, elle finit par le prendre. Il constata alors que la tache sur son bras décharné n'était pas un bleu comme il l'avait d'abord cru, mais une inscription à l'encre noire. Des chiffres, six chiffres, écrits à la main avec un marqueur.

Il détourna les yeux pour la laisser enfiler le sweat-shirt, qu'elle zippa jusqu'au menton. Elle recula de quelques pas. L'esprit d'Ethan, engourdi, avait réuni assez de preuves pour en conclure qu'elle venait de traverser une épreuve difficile.

– J'ai un téléphone. Tu le veux ?

Elle ouvrit la bouche, mais il y eut un temps avant que sa voix en sorte :

– Non.

Inspiration. Expiration.

— Merci.
— Tu as besoin d'aide ? répéta-t-il. Tu es perdue ?

Elle scruta nerveusement les environs et ouvrit à nouveau la bouche, hésitant à prendre la parole.

— Il y a un pont quelque part ? articula-t-elle enfin.

Il tendit le bras.

— Par ici, pas très loin. Tu veux que je te montre ?

— Non.

— Tu es sûre ?

— Oui.

Elle avait l'air déterminée, cette fois. Elle lui jeta un dernier regard comme pour lui intimer de ne pas la suivre puis se dirigea vers le pont.

Il aurait voulu l'accompagner, mais il n'en fit rien. Il la regarda se faufiler entre les arbres d'un pas vacillant, dans son sweat bleu des Giants, évitant maladroitement les racines noueuses, les flaques de boue et les branchages qui s'agrippaient à elle.

Elle lui lança un coup d'œil par-dessus son épaule.

— C'est bon, assura-t-elle d'une voix faible avant de disparaître.

Il resta des heures au bord de la rivière avant de rentrer chez lui. Il partit à la recherche de sa canne à pêche sans trop espérer la retrouver. Il attendit de voir si la fille revenait, sans trop y croire non plus, et il eut raison.

Le soir, au dîner, puis pendant la nuit, il ne

cessa de se repasser la scène. Finalement, il se leva et nota les chiffres de mémoire : 170514. Parce qu'il sentait que ça devait avoir son importance.

Pendant deux ans et demi, Ethan repensa si souvent à cette histoire que sa mémoire finit par lui jouer des tours. Si souvent qu'il finit par se demander s'il n'avait pas tout imaginé.

Jusqu'au jour de la rentrée en seconde où la fille en question, habillée cette fois, entra dans son cours de maths avancées et s'assit juste derrière lui.

18 mai 2010

Cher Julius,

Le matin, la terre sue. Je t'assure. Ici, on peut aller dehors quand on veut, comme Poppy nous l'avait dit. J'adore m'allonger sur la pelouse pour regarder le soleil se lever. Même s'il fait beau depuis des jours et des jours, le dos de mon T-shirt sera toujours mouillé, comme si la pluie remontait du sol.

M. Robert et Mlle Cynthia, ainsi que quelques autres s'occupent de tous les jeunes. Ils nous enseignent comment nous fondre dans la masse en nous rappelant bien d'être EXTRÊMEMENT PRUDENTS. Tu te rappelles quand on nous avait parlé de la télé? Eh bien, on la regarde tout le temps pour imiter leur manière de parler. Il y a une émission qui s'intitule Friends *avec des rires enregistrés en bruit de fond, on ne sait même pas pourquoi. Moi, celle que je préfère, c'est* Les Simpson *mais M. Robert affirme que ça ne m'apprendra rien d'intéressant.*

Je suis inquiète parce que je n'ai pas encore croisé Poppy. Mlle Cynthia prétend qu'il a décidé de ne pas venir, en fin de compte, mais je ne la crois pas. C'était le plus motivé de nous tous.

Bisous,
Prenna

CHAPITRE 1

23 avril 2014

Nous connaissons tous les règles. Nous y pensons sans cesse. Comment pourrions-nous les oublier ? Nous les avons apprises par cœur avant de venir et elles sont gravées dans notre mémoire par des répétitions incessantes.

Pourtant, près d'un millier d'entre nous, assis sur les bancs en plastique de cette ancienne église pentecôtiste (désaffectée depuis les années 1990, j'ignore pourquoi), sont réunis pour écouter des membres de la communauté, tout endimanchés, réciter dans un micro grésillant nos douze règles inviolables.

Parce que c'est la coutume. Chaque année, nous commémorons l'extraordinaire voyage qui nous a amenés ici il y a quatre ans, nous permettant d'échapper à la peur, la faim, la maladie pour découvrir ce paradis tout sucre tout miel. C'était une grande première, jamais un voyage de ce genre n'avait eu lieu et vu l'état de notre monde quand nous l'avons quitté, ça ne se reproduira jamais plus. Le 23 avril est donc notre Thanksgiving à nous, sans la dinde ni la tourte à la citrouille. C'est également, quelle coïncidence, le jour où Shakespeare est né. Et mort.

Nous y tenons parce qu'il serait facile, bien à l'abri dans ce cocon moelleux, d'oublier que nous ne sommes pas d'ici et que nous sommes une menace pour les habitants d'origine. C'est pourquoi il est capital de suivre les règles. Les oublier pourrait avoir des conséquences catastrophiques. Comme dans n'importe quel système politique ou religieux un peu strict, plus les règles sont astreignantes, plus il est nécessaire de les répéter aux pratiquants.

Je pose mes pieds bien à plat sur le sol tandis que le projecteur se déclenche en bourdonnant dans mon dos. Un rai de lumière transperce la pénombre, envoyant une première image sur l'écran tendu derrière l'ancien autel. Il faut un instant pour que cet assemblage de taches claires et foncées devienne une personne, que je connais ou non. C'est pénible mais c'est la coutume : pendant qu'on récite les règles, ils font défiler les visages des gens qui ont disparu depuis la dernière fois. Un peu comme aux oscars, sauf que… ce n'est pas aussi glamour. Cette année, il y en a sept. Les visages s'affichent un à un, en continu. Sans explication, ni commentaire. Cependant, nous nous doutons de l'histoire qu'il y a derrière. Nous comprenons, sans le dire, que la plupart se retrouvent là parce qu'il s'agissait de membres rebelles, désobéissants et peu fiables de la communauté.

Ma mère me glisse un regard lorsque, sur l'estrade, le Dr Strauss se lève afin de réciter la première règle, la règle d'allégeance.

Les règles ne sont jamais affichées, ni même écrites sur un bout de papier. Ce n'est pas la coutume. Nous sommes revenus à la tradition orale.

J'essaie d'écouter. Comme toujours. Mais les mots tant de fois répétés ont perdu tout sens à mes oreilles. Ils se confondent dans un mélange chaotique de souvenirs et d'angoisses.

Le Dr Strauss est un des dirigeants. Ils sont neuf, ainsi que douze conseillers. Les dirigeants prennent les décisions tandis que les conseillers nous les communiquent et les traduisent en interdits et obligations dans notre vie quotidienne. Nous avons chacun un conseiller référent. Moi, c'est M. Robert. Il est sur l'estrade également.

Une fille en vert, dans le fond, se lève pour réciter la deuxième règle, sur l'ordre du temps. Les têtes se tournent poliment.

C'est un honneur de réciter une règle. Comme tenir un rôle dans la pièce de l'école. J'ai été choisie, il y a trois ans. Ma mère m'avait prêté ses ballerines dorées et un beau foulard en soie. Elle m'avait écrasé du rouge sur les joues. On m'avait attribué la sixième, celle qui nous interdit de consulter un médecin en dehors de la communauté.

Quand la fille a fini de parler, nous nous retournons vers l'estrade, attendant la troisième règle.

Le visage de Mme Branch s'affiche alors en noir et blanc sur l'écran. Ma mère la connaissait. Je sais qu'elle est morte d'un cancer du sein, faute d'avoir été traitée à temps. On dirait que la photo a été prise le jour où on lui a appris le diagnostic. Je baisse les yeux. Je croise alors brièvement le regard de mon amie Katherine, quelques rangs plus loin.

Quand on voit les dirigeants alignés ainsi sur l'estrade, difficile de deviner lequel prend vraiment les décisions. Personne n'ose le dire, mais je crois que je sais. À cause de ce qui m'est arrivé quand j'avais treize ans, quelque temps avant que je récite la sixième règle.

Cela faisait environ neuf mois qu'on était là. J'étais un peu perdue, et bien trop maigre. Je regardais la télé pour savoir comment m'exprimer et me comporter. Je n'allais pas encore en cours. J'avais des difficultés respiratoires. Ma mère disait que c'était une chance incroyable d'avoir été sélectionnée pour le voyage malgré mon asthme. Elle affirmait que mon «QI exceptionnel compensait». De justesse. On essayait de se convaincre que ce n'était pas si grave que ça.

Mais en février, j'ai attrapé un rhume qui a dégénéré en pneumonie. Ma mère a pu établir le diagnostic parce qu'elle est médecin généraliste ; elle a un stéthoscope dans le tiroir de l'armoire de toilette. Deux membres de l'équipe médicale de la communauté sont passés me voir. J'étais complètement crevée. Ils m'ont donné un inhalateur, ils m'ont bourrée d'antibiotiques, de stéroïdes et Dieu sait quoi d'autre. Un capteur mesurait mon taux d'oxygène, qui était très bas. Je n'arrivais pas à respirer, à remplir mes poumons d'air. Si ça ne vous est jamais arrivé, je peux vous dire que c'est affreux.

Le lendemain, ça avait encore empiré. J'avais beau être dans les vapes, j'ai bien vu l'expression de ma mère. Je l'ai entendue crier. Elle voulait m'emmener à l'hôpital. Elle disait qu'il suffirait de me mettre sous respirateur une nuit pour me sauver la vie. J'imagine qu'il n'y en avait pas à la clinique de la communauté. Nous n'étions pas arrivés depuis longtemps. Mais il était hors de question de me faire admettre dans un hôpital normal, c'était trop dangereux pour les autres, les personnes ordinaires nées ici, parce qu'elles n'ont pas la même immunité que nous. Et puis, en demandant mes antécédents ou en analysant mon sang, un docteur ou une infirmière risquerait de poser des questions.

– Ce n'est pas une raison pour la laisser mourir! hurlait ma mère dans la pièce voisine.

Elle les a suppliés, elle a promis qu'elle ne me quitterait pas d'une semelle, qu'elle ne laisserait personne d'autre me soigner. Pas de prise de sang, pas d'examens. Elle se débrouillerait pour garder le secret et me tenir à l'écart des autres.

Un peu plus tard, Mme Crew est arrivée. Même mon pauvre cerveau privé d'oxygène a senti que l'atmosphère changeait dans la maison. Les cris, les pleurs ont cessé immédiatement, laissant place à une voix lénifiante. J'ai tendu l'oreille, subitement alerte, et je l'ai écoutée calmer ma mère :

– Après tout ce que nous avons sacrifié, Molly. Après tout ce que nous avons enduré…

Ma mère a quitté la pièce, alors j'ai entendu mon conseiller, M. Robert, s'entretenir avec Mme Crew. J'avais l'impression de flotter, l'écho de la conversation me parvenait de loin, comme si j'étais déjà morte. Elle lui a décrit la procédure, ce qu'il fallait faire de mon corps, comment obtenir un certificat de décès en bonne et due forme, puis effacer toute trace de mon existence dans les bases de données de l'État. Ils avaient créé nos identités, ils étaient capables de les supprimer. Enfin, elle lui a tendu une seringue, un comprimé ou un truc du genre.

– L'ange de la mort, a-t-elle dit d'une voix doucereuse pour rendre mon départ plus confortable.

Elle lui a promis de rester jusqu'à la fin.

Sauf qu'il n'y a pas eu de fin. Aux premières lueurs de l'aube, mes poumons se sont un peu dégagés, je respirais mieux. Et ça s'est encore amélioré le soir. Six semaines plus tard, je déclamais la sixième règle dans cette nef.

M. Botts, deux rangs derrière moi, se lève pour réciter la troisième règle, celle qui nous interdit d'utiliser notre savoir pour changer quoi que ce soit. Je me rappelle l'avoir vu à nos premières leçons d'adaptation. Mme Connor, avec ses cheveux clairsemés et sa hideuse tunique orange, entonne la quatrième, qui est la conséquence logique de la précédente. Je ne sais plus d'où je la connais.

Un garçon prénommé Mitch, véritable star parce qu'il étudie à Yale, récite la cinquième, celle du secret. C'est sans doute celle à laquelle nous pensons le plus souvent. Nos dirigeants tiennent à ce que nous la respections scrupuleusement, c'est une véritable obsession. Il faut se fondre dans la masse, ne laisser échapper aucun détail qui pourrait nous trahir. Néanmoins, je me demande : si l'un de nous commettait une erreur, qui pourrait deviner d'où nous venons ? Et ensuite, qui pourrait bien y croire ?

La sixième et la septième règle, concernant les

questions médicales, sont récitées par deux personnes que je ne connais absolument pas mais qui, comme moi, ont sans doute frôlé la mort.

J'écoute la huitième d'une oreille distraite parce que j'ai perdu l'une des perles violettes de ma chaussure. Je scanne le sol discrètement. Pour être franche, je préfère ne pas regarder l'écran car, pour le final, ils ont laissé la photo d'Aaron Green, et à mon avis, c'est fait exprès.

Il s'agit d'un portrait aussi émouvant que désolant. Un gamin de quatorze ans, gentil et maladroit, qui s'empêtrait tellement dans ses mensonges qu'ils l'ont déscolarisé en plein milieu d'année. Un précepteur venait lui donner des cours à la maison. Deux jours plus tard, il s'est noyé lors d'une descente en rafting avec son père et son oncle. Bien sûr, pas de SAMU pour le conduire aux urgences, rien. M. Green a docilement suivi le protocole, il a appelé le numéro spécial qu'on nous a donné.

Je sors de mes pensées pour la douzième règle. C'est Mme Crew, l'ange de la mort en personne, qui se lève afin de nous la rappeler. Elle a beau faire un mètre cinquante, avec sa coiffure ridicule en forme de champignon de Paris, elle me terrorise quand même. Je jurerais qu'elle récite la règle en me fixant, moi, dans la foule.

1 – Nous devons allégeance absolue à la communauté. Afin d'assurer sa survie et sa sécurité, nous suivons les ordres de nos dirigeants et conseillers sans questions ni discussions.

2 – Nous devons respecter l'intégrité du temps et sa séquence naturelle.

3 – Nous n'utiliserons jamais l'expérience acquise à Postremo pour intervenir sciemment dans cet ordre naturel.

4 – Nous ne perturberons jamais cet ordre afin d'éviter un malheur ou même la mort.

5 – Nous sommes tenus au secret concernant Postremo, l'immigration et la communauté en tous temps et lieux.

6 – Il nous est interdit de recevoir des soins médicaux ou de nous soumettre au moindre examen en dehors de la communauté.

7 – Nous recourrons uniquement aux services médicaux mis à notre disposition par la communauté et suivrons le protocole d'urgence établi si besoin.

8 – Nous éviterons d'apparaître dans les archives historiques de tout ordre – textes, photographies ou films.

9 – Nous ne fréquenterons pas les lieux de culte.

10 – Nous déploierons tous nos efforts afin de nous fondre dans la société et d'éviter d'attirer l'attention sur nous-mêmes ou notre communauté de quelque façon que ce soit.

11 – Nous fuirons le moindre contact avec tout individu connu à Postremo, mais n'ayant pas pris part à l'immigration.

12 – Nous ne devrons jamais, quelles que soient les circonstances, développer une relation intime, physique ou émotionnelle, avec un individu n'appartenant pas à la communauté.

CHAPITRE 2

Une poignée d'entre nous va acheter des tacos au mexicain à deux pas de l'église pour aller déjeuner dans Central Park. Cette année, la cérémonie tombe un mercredi, nous avons donc un jour de congé. Nous mangeons sur la pelouse et tuons le temps en attendant l'heure de la « soirée des ados ». C'est sûr, la cérémonie nous met dans l'ambiance, on a trop envie de faire la fête après !

Ça paraît complètement idiot, et pourtant c'est la coutume. Le soir de la cérémonie, tous les membres de la communauté âgés de quinze à dix-huit ans se réunissent pour essayer de tomber amoureux en mangeant des beignets de poulet graisseux sur fond de musique débile. Bonne chance.

Parce que si on rêve d'amour, d'amitié ou juste de sortir ensemble, il faut faire ça entre nous. Cf. règle n° 12. Et ce n'est pas simplement une question de sécurité, comme s'empressent de le souligner les conseillers, c'est pour protéger les personnes extérieures à la communauté. Et on ne plaisante pas avec ça. De toute façon, on ne plaisante pas avec grand-chose.

Au parc, il y a moi, Katherine, Jeffrey Boland, Juliet Kerr, Dexter Harvey et quelques autres élèves du lycée de Rockland. Jeffrey fait la sieste au soleil, Dexter a mis son casque, alors Katherine et moi, on va se balader autour du Réservoir.

— C'était affreux de voir la photo d'Aaron sur l'écran, dis-je en jetant un regard en biais à Katherine tout en marchant.

Immédiatement, sa peau presque transparente rosit.

Aaron habitait tout près de chez elle. Il avait un chien, un petit croisé qui s'appelait Paradoxe et filait chez Katherine à la moindre occasion. Elle se faisait du souci pour Aaron. Je m'inquiétais un peu aussi. C'était plus dur pour lui que pour la plupart d'entre nous. Elle lui avait donné son vieux VTT et, depuis, il passait son temps à arpenter le quartier dessus.

Je sais que Katherine est très sensible, et qu'elle préfère cacher ses émotions, mais je veux dire quelque chose. Quelque chose de vrai sur lui.

— Il ne nageait pas très bien.

Franchement, comme remarque morbide, on ne fait pas mieux. Cependant, Katherine paraît soulagée. Au moins, je n'essaie pas d'être honnête. Je ne remets pas en question la version officielle. Je l'accepte même si je sais comme tout un chacun que c'est n'importe quoi.

Elle esquisse un sourire. Les larmes lui montent aux yeux. Elle lève la tête vers les cerisiers du Japon en fleur qui forment une tonnelle au-dessus du chemin. Je vois bien qu'elle se retient de pleurer.

Je lui prends la main. Je la serre un moment dans la mienne avant de la relâcher. C'est la seule personne avec qui je peux faire ça.

– Ils ont rebaptisé leur chien, dit-elle d'une voix si faible que je l'entends à peine.

– Comment ?

– Le père d'Aaron a décidé que, dorénavant, il se nommerait Abe. Sauf qu'il ne vient pas quand on l'appelle comme ça.

Nous nous rejoignons tous sur la grande pelouse avant de nous diriger vers le restaurant où la communauté a loué une salle. En général, ça se fait toujours à New York parce que nous vivons tous dans un rayon de cinquante kilomètres et que c'est bien desservi par les transports en commun. Et également parce que c'est une ville tellement gigantesque, chaotique, qu'elle engloutit tout sans ciller. Nous préférons passer inaperçus.

Ce soir, des guirlandes en papier décorent le premier étage de chez Big Sister. La nourriture est disposée dans des plats en alu, façon buffet, avec de petites tables rondes ici et là dans la salle. Je repère tout de suite les adultes qui sont chargés de nous chaperonner ; ce sont toujours les mêmes.

– Prenna, c'est ça ? me lance une femme de l'âge de ma mère alors que j'ôte ma veste.

– Oui, madame...

Je la reconnais avec ses cheveux bruns grisonnants, mais je n'ai pas retenu son nom.

– Sylvia Teller... De... euh... Nous habitons Dobbs Ferry.

Elle paraît soudain gênée. Au bout de quelques secondes, je comprends soudain pourquoi elle me met mal à l'aise. Comme d'habitude. C'était une amie de mon père. Ils ont fait leurs études ensemble. Elle se creuse la tête pour trouver un point commun plus récent entre nous, auquel elle ait le droit de faire référence... mais en vain.

Je sais que je ressemble à mon père. Il était du genre à marquer les esprits. Chaleureux et sociable. C'est la première chose que se disent les gens en me regardant. Je suis grande, comme lui, j'ai ses cheveux raides et noirs comme jais, ses pommettes hautes, à l'asiatique. Je n'ai rien pris de ma mère, qui est petite et blonde, à part les yeux gris argent. Dans ce genre de réunion, personne ne fait jamais le rapprochement entre nous... seulement avec mon père, celui dont hélas on ne peut prononcer le nom.

Je ne veux pas me laisser envahir par la mélancolie. Je file donc aux toilettes me rafraîchir le visage et mettre un peu de gloss. Je bouscule Cora Carter qui en sort justement. Nous reculons toutes deux précipitamment.

Elle me sourit.

– Salut, Prenna.

– Cora... ça va ?

On ne se fait pas la bise ni rien. Dans notre communauté, on évite au maximum les contacts physiques.

– Bien, bien..., répond-elle en détaillant ma tenue. Tu es superbe, ce soir. J'adore ta ceinture.

J'y jette un regard.

– Merci. Toi aussi.

– Morgan Lowry a mis un nœud papillon, tu as vu ? pouffe-t-elle.

– Non, je viens d'arriver. J'ai hâte de voir ça.

Visiblement, c'est l'attraction de la soirée.

– OK... Bon, à plus.

– À plus.

Je la fixe une seconde de trop, ce qui semble la perturber.

Je me souviens de Cora, avant. Tous les membres de la communauté viennent plus ou moins du même quartier. Et pour la plupart, nous nous connaissions avant de quitter Postremo. Nous avons en commun d'avoir survécu à la peste, mais nous en avons gardé des séquelles. Je me rappelle le jour où sa mère est morte. Je me rappelle son regard hagard, son air famélique, quand sa tante les a amenés chez nous, son frère et elle. Je me rappelle quand son frère est mort à son tour, quelques mois plus tard. Je n'ai aucune envie de penser à tout ça maintenant, pourtant. La plupart des jeunes qui sont ici m'évoquent des souvenirs de ce genre. Et ils en ont sûrement autant à mon service. Depuis que nous sommes arrivés, l'échange le plus intéressant que nous ayons eu, Cora et moi, concernait ma ceinture.

– À plus, répète-t-elle en m'adressant un petit signe de la main maladroit avant de disparaître.

Je me prépare psychologiquement à tenir ce type de conversation toute la soirée. Parce que c'est pour tout le monde pareil. Personne ne parle de ce qui nous lie vraiment. Le fossé entre ce que nous racontons et ce que nous ressentons est tellement profond et sombre que j'ai parfois peur d'y tomber, de basculer dans ce gouffre sans fond.

Enfin, en tout cas, moi, c'est ce que je ressens. Si ça se trouve, personne ne partage ce sentiment… Je ne le sais pas et je ne le saurai jamais. Nous récitons nos textes comme les acteurs d'une superproduction interminable. Et même s'il n'y a pas de public, aucun d'entre nous n'ose signaler que ce n'est pas la réalité.

Parfois, j'ai l'impression d'entendre exclusivement ce que nous ne disons pas. De penser seulement ce que je ne devrais pas penser et de me souvenir uniquement de ce que je devrais oublier. J'entends les fantômes qui hantent cette pièce, tous les gens que nous avons perdus dans notre ancienne vie et qui réclament qu'on se souvienne d'eux. Sauf que nous n'y sommes pas autorisés. J'entends le murmure de ce que nous ressentons sans oser l'exprimer, oui, ça aussi, je l'entends.

Jeffrey rapproche plusieurs petites tables et un groupe s'y installe, pour discuter et flirter. Comme il me propose une chaise, je m'y assieds. Je regarde les gens autour de moi. Ce sont mes amis. Je tiens à eux. C'est ma vie. Ils parlent de leurs ceintures, de leurs chaussures, de la voiture qu'ils aimeraient avoir, du dernier film qu'ils ont vu, et je ne les entends pas car les fantômes couvrent leurs voix.

Vers neuf heures du soir, les adultes nous aident à pousser les tables sur les côtés afin de libérer de la place pour danser.

Jeffrey me fait signe ; nous dansons sur de la pop sirupeuse. Les autres dansent aussi. Je vois Katherine dans les bras d'Avery Stone, ce gros pervers.

Quand on y prête attention, on remarque à quel point nos gestes sont maladroits. Nous avons peur du contact même le plus anodin. Ce n'est pas notre faute. Nous avons vécu notre enfance dans l'angoisse d'attraper la peste. Au lycée, les autres n'arrêtent pas de se prendre la main, de s'embrasser, de se tripoter. Nous, non. Pour nous, c'est tout l'un ou tout l'autre. Il n'y a pas d'étape intermédiaire entre l'isolement physique total et la relation sexuelle. Ce qui, par conséquent, rend généralement cette dernière assez impersonnelle et éprouvante.

Adrian Pond m'invite à danser. Il me prend par la taille. Il est grand et plutôt pas mal. En plus, je n'ai aucun souvenir de lui autrefois pour me hanter. À mesure que le rythme de la musique ralentit, il me serre contre lui. Je sens son souffle chaud au creux de mon oreille.

J'aimerais éprouver quelque chose. Vraiment. Mais je ne ressens qu'une absence, le manque, le désir de quelque chose qui n'est pas là. Je me sens seule.

J'appuie ma joue contre son épaule. Les lumières se brouillent, je ferme les yeux. Je fais quelque chose que je ne devrais pas. Jamais au grand jamais. Je pense à quelqu'un d'autre – une personne à laquelle je ne devrais surtout pas penser en un moment pareil.

Pendant un instant, je me laisse aller. J'imagine que c'est sa joue contre mes cheveux. J'imagine que ce sont ses mains sur mes hanches. J'imagine qu'il me tient comme quelqu'un qui sait vraiment s'y prendre. J'imagine qu'en levant la tête, je croise son regard, le regard de quelqu'un qui sait regarder l'autre. Il me dévisage, attentif, à l'écoute. Il voudrait que je lui raconte ce que je ne peux pas lui dire. Et il me comprend malgré tout.

C'est mal. Je sais, mais je rêve que je danse avec lui, lentement, doucement. Je joue la scène dans ma tête parce qu'il n'y a que là que c'est possible.

CHAPITRE 3

– Hé, Ghouly, ça va ?
Je détourne les yeux. Je tripote mes lunettes. Je sens le rouge me monter aux joues. Si je le regarde, il va tout deviner, j'en ai peur.

Il pousse ma basket du bout du pied. Je fais semblant d'être absorbée par mes notes.

M. Fasanelli fait face à la classe après avoir résolu un long problème au tableau.

J'observe Ethan à la dérobée. Ses doigts. Son genou. Pas son visage. Je n'aurais jamais dû penser à lui de cette manière.

Il cherche quelque chose dans son cahier. Dès que le professeur se retourne vers le tableau, il me le passe.

C'est la partie de pendu que nous avions commencée la semaine dernière. Il a déjà une tête et des bras.

J'écris sans relever la tête.
J ?
Ethan lui dessine un double menton.
K ?
– Prenn, tu ne gagneras jamais en récitant l'alphabet dans l'ordre, me chuchote-t-il en lui ajoutant des bourrelets.

Il réussit à croiser mon regard. Et voilà que

défilent toutes les questions que je craignais : « Ça va ? Qu'est-ce qui t'arrive ? Pourquoi tu ne veux pas me regarder ? »

Troublée, je prends le cahier pour griffonner : « Non, mais franchement, il y a des lettres dans ce mot ? »

– Prenna, si vous preniez le suivant ?

Je relève la tête. M. Fasanelli nous regarde tour à tour, le pendu grassouillet et moi.

Je lis le problème qu'il vient de mettre au tableau. Je me lève pour approcher d'un pas traînant.

Je sens le regard d'Ethan dans mon dos. Et celui de Jeffrey, qui est au fond de la classe. Par chance, la sonnerie annonce la fin du cours.

Ethan a le cran de me sourire en sortant de la classe.

Je baisse les yeux vers son cahier. Pendant mon supplice au tableau, le pendu a eu une poussée de pilosité. Il a maintenant des touffes de poils frisés qui lui sortent des oreilles.

– C'était « vortex ».

Je le regarde sans comprendre.

Il désigne le cahier.

– Le mot. Avec des lettres.

– Ah, d'accord.

– Un conseil : tu devrais commencer par les voyelles, mon amie.

– Merci.

Alors que nous arrivons à la porte de l'escalier, Jeffrey se dresse devant nous.

– Je peux parler une minute à Prenna ?

Ethan me consulte du regard.

– C'est à elle qu'il faut le demander, non ?

– Seul à seule, je veux dire.

Jeffrey m'attire près de la fenêtre.

– Sois prudente.

– Je suis prudente.

Ethan est instantanément englouti par sa bande de copains de l'équipe de foot. L'attention qu'il me porte me manque déjà. C'est ce que j'ai de plus précieux. Quand je peux en bénéficier.

– Plus prudente, alors.

– Je suis très prudente.

– Avec Ethan.

Je le suis à l'extérieur du lycée.

Les cerisiers du Japon font voler une pluie de pétales roses.

– On est amis, je réponds.

Je n'ai pas envie de prononcer son nom tout haut.

– Et il le sait ?

– Oui, je crois qu'il sait qu'on est amis.

C'est facile de jouer l'idiote avec Jeffrey parce qu'il ne me regarde jamais dans les yeux.

Il ôte ses lunettes pour essuyer les verres avec un pan de sa chemise.

– Il est bien conscient que ça ne va pas plus loin ?

– On n'en a jamais parlé. Ce n'est pas un sujet qui nous intéresse.

– Je te crois. Mais je dis juste qu'il ne voit peut-être pas les choses de la même façon que toi.

Je presse le pas.

– Je gère. On a le droit d'avoir des amis, tu sais. On est même censés en avoir, puisqu'on doit s'intégrer.

– Pas des amis qui nous regardent de cette façon, objecte-t-il.

Je m'immobilise.

Je contemple les pétales de fleurs sur le trottoir, sous nos pieds, ou flottant dans les flaques de pluie de la veille. Je serre mes livres contre moi tellement fort que j'ai les mains moites. Il n'a aucune idée de ce dont il parle.

Je vois bien qu'il est mal à l'aise.

– Prenn, je ne voudrais pas que tu…

– Je sais.

– Je ne voudrais pas qu'ils…

– Je sais.

Il jette un coup d'œil circulaire pour vérifier que nous sommes seuls.

– Si l'un d'eux découvrait la vérité à notre sujet – même s'il paraît gentil et digne de confiance, il te détruirait, ils nous détruiraient tous jusqu'au dernier.

Combien de fois ai-je entendu ces mots ?

– Je sais.

– Sois prudente, hein ?

– Je suis prudente.

Tôt dans la soirée, j'entends la porte d'entrée s'ouvrir et se refermer. Ma mère, qui rapporte sans doute le dîner.

Je finis mes problèmes de physique avant de descendre la rejoindre.

Du poulet, des biscuits et du coleslaw, encore dans leur sac plastique, sont posés sur le plan de travail de la cuisine.

Je sors deux assiettes et des couverts.

– Mange ce que tu veux, me lance ma mère

depuis l'entrée où elle consulte le courrier. Je dois confirmer des rendez-vous pour demain. Je me réchaufferai un plat plus tard.

Je laisse le couvert sur la table. J'ai faim, mais je vais attendre.

La plupart des filles de mon âge préfèrent sans doute éviter de dîner en tête à tête avec leur mère. Pas moi. Au contraire, j'essaie toujours que ça ait l'air d'un repas de famille. C'est elle qui évite. Et c'est pour ça que j'insiste, sûrement. On se rebelle comme on peut.

Mon père était très à cheval sur ces choses-là. Selon lui les repas de famille étaient la colonne vertébrale de la société et, autrefois, on dînait ensemble chaque soir, tous les cinq, puis tous les quatre, puis tous les trois, alors même que le monde se décomposait autour de nous. Cette colonne vertébrale ne maintenait pas grand-chose, visiblement.

J'avais deux petits frères. Ils sont morts à quelques mois d'intervalle, durant la troisième épidémie de dengue – celle qu'on a appelée la peste du sang –, un an avant qu'on vienne ici. C'est un fait, aussi froid et vrai qu'un autre. J'ai du mal à supporter qu'une telle souffrance puisse être résumée en une phrase correcte avec des mots ordinaires. On peut même la résumer en un mot : épreuve. Une suite de lettres qui n'a rien à voir avec mes frères. Tiens, je pourrais choisir ce mot au pendu, la prochaine fois.

Une telle « épreuve » est presque inimaginable dans cette vie, dans le monde où nous vivons maintenant.

Mon père, que nous appelions Poppy, a survécu

à la peste. Je pensais qu'il ferait le voyage avec nous, mais il a disparu la veille du départ.

– Il a décidé de ne pas venir, finalement, m'a annoncé ma mère, comme s'il avait eu des ampoules aux pieds, ou quelque chose de plus urgent à faire.

Je savais bien que c'était faux. Je ne connaîtrai sans doute jamais la vérité, mais je suis convaincue que c'était faux. Je préfère ne plus aborder le sujet avec elle. Je ne supporte pas de voir sa tête. Il lui a brisé le cœur à elle aussi.

Je sors sur la terrasse. Appuyée contre la balustrade, je regarde le soleil se coucher. Je scrute le ciel à la recherche d'une esquisse de lune.

J'adore ce moment de la journée. J'adore cette époque de l'année où le jardin reprend vie, étoilé de fleurs blanches de cornouiller et égayé par les jonquilles que j'ai plantées. Des effluves de verveine montent des buissons le long du garage.

Cela fait quatre ans que j'habite ici et je n'en reviens toujours pas. Quelle beauté. Au début, c'était trop pour moi – les sons, les couleurs, les odeurs, le chant des oiseaux, les facéties des écureuils, le simple fait de pouvoir rester dehors. J'étais sous le choc. Maintenant, je savoure tout cela intensément chaque jour.

Je suis abasourdie par la luxuriance, la générosité de la nature, par tout ce qu'on peut planter, cueillir, ramasser, par les endroits où l'on peut se baigner. Les gens d'ici prétendent que les plus belles choses ont déjà disparu, mais ils se trompent. Ils ont encore tant à perdre.

Je me fige en entendant le vrombissement sournois d'un moustique. Je le guette, tendant l'oreille.

J'attends qu'il se pose, ce qu'il ne manque pas de faire, petit monstre vibrant sur la balustrade en bois. Je chasse de mon esprit la règle que j'ai apprise toute petite : ne jamais laisser ces bestioles approcher assez près pour pouvoir les écraser. Désormais, je prends un malin plaisir à les écrabouiller.

Là d'où je viens, les moustiques étaient notre plus grande peur, la peur centrale autour de laquelle gravitaient toutes les autres. On s'enfermait sous nos moustiquaires, on s'aspergeait de spray toxique, on murmurait nos prières ratatinés dans le noir, barricadés au fond de nos maisons délabrées, parce que les moustiques, c'était la mort. Difficile de se défaire de ces angoisses, même maintenant. Ici, ils ne sont pas porteurs de maladie, mais pour moi, ils sont porteurs de souvenirs atroces et de cauchemars.

Pas encore. Ils ne sont pas encore vecteurs de mort. J'examine la petite tache avec dégoût. Nous ne redoutons pas ce que les gens d'ici craignent le plus, les cambriolages et les meurtres. Même les cyclones et les inondations sont gentillets comparés à ce qui vient. Cet endroit est pour nous un véritable havre de paix.

C'est les moustiques qu'il faut craindre lorsque le monde devient plus chaud et humide. Parce que, alors, le territoire du moustique s'étend à la Terre entière et sa saison à l'année complète.

C'est presque rien, un insecte qui vit à peine plus de vingt-quatre heures. Il n'a ni volonté, ni sentiments, ni souvenirs et bien évidemment aucun sens de l'humour. Je le contemple avec une fascination morbide. J'attends qu'il se pose sur mon bras, ma joue ou ma cheville.

Peut-être que, finalement, si, il a une volonté. Sinon comment expliquer le nombre de ses victimes. Des millions de personnes avec une vie active, un cerveau plein de souvenirs et de connaissances – l'accumulation de milliers d'années d'histoire humaine.

Ce n'est pas juste. Humains contre moustiques. Qui devrait l'emporter ? Nous avons construit des fusées et des cathédrales. Nous avons composé des poèmes et des symphonies. Nous avons trouvé le moyen de voyager dans le temps. Et pourtant. Nous avons saccagé la planète pour satisfaire nos besoins, du coup, c'est le moustique qui va gagner. À moins que nous ne réussissions à inverser le cours des choses, il va gagner.

Peut-être qu'il a un sens de l'humour douteux, en fin de compte. Je l'écrase du plat de la main. Il va gagner, mais pas tout de suite.

J'aperçois ma mère par la fenêtre de la cuisine. Je rentre me laver les mains. Elle a réussi à ruiner mes efforts en se prenant une assiette pour dîner toute seule, debout devant le plan de travail.

– Tu as passé une bonne journée ? je demande.
– Oui, et toi ?
Elle mange vite, sans relever la tête.
– Ça va.
– M. Robert m'a encore appelée ce matin, reprend-elle, les yeux rivés sur son coleslaw. D'après lui, hier, tu as suivi une inconnue dans la rue pour lui demander d'où venaient ses bottes.
– Ah, oui !
Alors que je devrais être penaude, je m'exclame, surexcitée :

— Elle avait mes anciennes bottes aux pieds ! Tu sais, celles en caoutchouc bleu avec des coccinelles, des perroquets et des geckos peints à la main ? Tu t'en souviens ? Je les adorais !

Elle picore de petits bouts de poulet.

— Prenna... ce genre de comportement, c'est carton rouge, tu le sais bien.

Ce n'est pas la première fois que ça m'arrive. Il y a tellement de vêtements maintenant. Mais dans les années 2070, on ne fabriquait presque plus rien de neuf et, dans les années 2080, on ne portait plus que des trucs d'occasion, qui venaient pour la plupart de maintenant. À la fin des années 2090, à l'époque où nous sommes partis pour venir ici, toutes ces affaires étaient en lambeaux. J'ai repéré des pulls, des écharpes et des blousons comme ceux qu'on portait. Une fois, j'ai aperçu un homme en veste écossaise dans la rue. Je l'ai suivi pendant une heure en m'imaginant que c'était peut-être mon père. Ça aussi, ça m'a valu un carton rouge.

— Il ne s'agissait pas juste du même modèle, c'est ça, le plus fou. C'était *mes* bottes. Elles sont uniques au monde. Je me suis toujours demandé qui les avait décorées. Alors j'ai voulu lui poser la question. C'était une gamine de douze ans. Elle n'était même pas sympa. Ses cheveux n'avaient pas vu de brosse depuis Noël, j'en suis sûre. N'empêche, c'est elle ! Dingue, hein ? L'artiste n'est jamais tel qu'on se l'imagine, pas vrai ?

Ma mère lève juste les yeux de son assiette pour me signifier que mon histoire ne lui plaît pas du tout. Heureusement, Katherine était plus enthousiaste quand je lui ai racontée.

– M. Robert veut que tu aies deux séances supplémentaires avec lui cette semaine, et que tu viennes les aider au bureau samedi.

– Sérieux ?

– Prenna !

– Mais je n'ai rien fait de mal !

C'est le moment de changer de sujet. En m'installant à table, je demande :

– Alors… comment va Marcus ?

– Il… il est en vie.

Elle commence à débarrasser.

Je sais qu'elle ne m'en dira pas plus, car elle ne peut pas. Je ne peux qu'imaginer à quel point cela doit être dur d'aller travailler tous les jours à la clinique de la communauté et de voir décliner un garçon souffrant d'une insuffisance rénale sans pouvoir lui faire de dialyse.

Ma mère a fait ses études de médecine à l'âge d'or de la technologie, ce doit être éminemment frustrant de ne pas disposer d'un équipement aussi basique. Les dirigeants refusent d'acquérir tout matériel spécialisé. Et ma mère ne peut rien dire, ce n'est pas elle qui décide, comme elle me le rappelle souvent.

À l'époque, elle était un médecin respecté, elle avait son propre labo de recherche, d'après ce que m'a raconté mon père. Difficile à imaginer maintenant. Ici, elle prend des rendez-vous, elle remplit de la paperasse. Elle est venue dans l'espoir d'éradiquer les épidémies futures, mais nos règles compliquent terriblement les choses. Je crois qu'on ne lui confie plus aucune responsabilité désormais.

Je sais que ce doit être déprimant pour elle

– pas parce qu'elle me le dit, elle ne se plaint jamais, elle ne hausse jamais le ton. D'ailleurs, elle m'adresse rarement la parole, à part pour me faire la leçon ou me mettre en garde. C'est un membre modèle de la communauté. Elle mange, elle va travailler, elle fait le ménage, elle mange à nouveau, elle lit – peut-être –, puis elle va se coucher. Sous sa moustiquaire, c'est sa seule tare, son unique concession à notre passé.

Elle a traversé de terribles épreuves. Parfois, je me dis qu'elle n'est plus capable d'aimer. Elle considère sûrement que c'est un luxe. Que ça rend les choses encore plus difficiles quand on perd quelqu'un.

Non, ce n'est pas vrai. Elle m'aime. Je le lis sur son visage parfois. Son amour s'exprime le plus souvent par la peur, quand je dis ou que je fais quelque chose d'interdit.

Je pose deux bols, deux cuillères et un bac de glace sur la table, espérant qu'elle va le remarquer. Je trouve qu'on doit s'efforcer de préserver ce qui fait de nous une famille.

Elle finit de laver son assiette et sa fourchette avant de quitter la pièce en lançant :

– Bonne nuit, ma chérie.

Hélas, je suis la seule à penser cela.

2 juillet 2010

Cher Julius,

J'essaie d'adopter la façon de parler et d'écrire des gens d'ici. Merci de me servir de cobaye. C'est exactement comme disait Poppy. Les « euh-euh-euh ». Euh, en fait-euh, ils font traîner-euh la fin des mots-euh. Maman – comme je suis censée l'appeler (ça se prononce « man-man ») – me lance toujours un regard inquiet quand je me trompe, mais elle non plus, elle n'est pas très forte en « euh-euh-euh ». Ses euh sont trop appuyés, elle fait la bouche toute ronde comme un œuf.

Elle est tout de suite mal à l'aise dès que je parle de toi, de Poppy, que j'évoque n'importe quel sujet d'avant, même par inadvertance. Je pense que les dirigeants et les conseillers entendent tout ce qu'on dit. Non seulement à la maison, mais partout ailleurs. C'est pour ça qu'elle est stressée en permanence. Je ne sais pas comment ils font, mais ils ont un moyen, j'en suis sûre.

Je commence à croire que c'est vrai, Poppy n'est pas venu, finalement.

Bisous,
Prenna

CHAPITRE 4

– Tu as fini l'exercice C ?

En général, quand Ethan m'appelle, il ne se présente pas. Pas de «Salut» ni de «Allô?». Comme si dans sa tête, on était en conversation perpétuelle, la plupart du temps en silence.

Je soupire. Je craignais que ce soit lui, je suis contente que ce soit lui, et encore plus contente qu'il ne voie pas mon visage. Assise à mon bureau, je feuillette mon cahier de physique.

– Oui...

– Dur-dur, hein? Les deux derniers?

– Euh...

Voilà la bonne page. Je n'ai pas trouvé ça si dur. J'aurais dû?

– Un peu. Pas trop.

– Bien sûr que non, Henny. Ils étaient difficiles seulement pour les gens normaux.

Je me ratatine un peu, mais je ne dis rien. J'ai plus de facilités en classe que la plupart des élèves. Je ne sais pas pourquoi je suis comme ça... si c'est grâce aux talents de prof de mon père qui me faisait l'école à la maison ou si c'est mon cerveau qui est spécial. Parfois, je me demande si c'est pour cette raison qu'ils m'ont laissée venir. En principe, je me justifie :

« J'avais déjà étudié ça en stage de soutien scolaire », mais dès le début, avec Ethan, je me suis promis de ne pas mentir plus que le strict nécessaire. Il est trop doué, il sait tout de suite quand je mens.

– Tu peux me dire comment tu as fait ?

– Non ? Sérieux ? Tu as essayé d'éteindre la télé pour commencer ?

Il rit. Je suis très contente de moi. Avant Ethan, personne ne m'avait jamais taquinée, et, quand il a commencé, ce langage était aussi étranger à mes oreilles que le swahili et au moins aussi beau.

Ethan est un crack en physique. Pour se détendre, il lit des articles sur la théorie des cordes et la gravité quantique. Il a passé ses deux derniers étés en stage dans une sorte de labo de recherche en physique théorique à Teaneck, dans le New Jersey. Il fait ses devoirs en regardant de vieux épisodes de *Breaking Bad*. Il n'a absolument pas besoin de mon aide, ni même de faire ses exercices. Il va suivre des études d'ingénieur à Columbia l'an prochain.

Une fois, il m'a dit qu'il m'appelait pour les devoirs parce que j'étais la plus jolie fille du cours de physique niveau avancé. Mon cœur s'est mis à battre la chamade. En fait, ça ne voulait pas dire grand-chose, vu qu'on n'est que cinq dans le groupe... et que je suis la seule fille.

– Tu me rejoins à la biblio ?

Je me doute qu'il appelle juste pour vérifier que ça va, parce que j'étais bizarre ce matin en cours. J'entends des voix dans le fond. Sûrement son copain Matt et les autres avec qui il tient son blog sportif.

— Non…

Et si pour une fois j'étais honnête ? « Je ne peux pas te regarder en face parce que j'ai honte. J'ai fantasmé sur toi pendant que je dansais avec un autre à la soirée de la cérémonie des Règles. »

On ne se voit pratiquement jamais en dehors du lycée. Je ne réponds presque jamais à ses questions. Et comme je n'aime pas lui mentir, je n'invente même pas d'excuses. Mais il ne se laisse pas abattre. Ça ne le décourage pas que ce soit toujours lui qui téléphone et jamais moi. Qu'il m'ait donné une cinquantaine de surnoms (Penny, Henny, Hennypenny, Ghouly, Doofus, Jamie…) alors que j'ose à peine l'appeler Ethan.

— J'ai une heure de trou demain avant le déjeuner, dis-je.

D'ici là, je me serai reprise.

— J'ai espagnol, mais je sécherai.

— Je croyais que tu avais un contrôle.

Je n'aime pas le petit ton réprobateur que j'ai pris. On s'adresse si souvent à moi comme ça que j'en oublie presque qu'il y a d'autres façons de parler.

— Et alors, j'arriverai un peu en retard…

Ethan a été le premier à m'adresser la parole, quand je suis arrivée au lycée. J'étais une pauvre ado de quatorze ans, habillée comme l'as de pique, qui ânonnait des répliques tout droit sorties des séries télé des années 1990 et que tout le monde évitait. Sauf Ethan. Il est tout de suite venu vers moi, comme s'il avait quelque chose à me dire. Presque comme s'il attendait mon arrivée. Deux ans plus tard, j'essaie toujours de comprendre pourquoi.

Je me rappelle ce que j'ai pensé lorsque j'ai enfin eu le courage de le regarder au lieu de fixer mes chaussures, vers la fin de l'année : « Tu n'as traversé aucune épreuve. Tu penses que le monde est beau. »

Il a un an de plus, et c'est tout le contraire de moi : il est invité partout, tout le monde l'aime. Mais il n'est pas creux et superficiel pour autant. Son idole, c'est Stephen Hawking. Il a les cheveux couleur corn flakes, il les coupe lui-même. Il porte toujours un pantalon militaire en laine bizarre, qui lui remonte sur les mollets au fil des mois.

J'ai essayé de ne pas me monter la tête. Ethan est sympa avec pratiquement tout le monde, surtout avec les parias. Depuis l'été dernier, il s'est lié avec un SDF qui vit dans le parc et somnole sur une couverture, à l'entrée du supermarché. Il l'a surnommé Ben Kenobi et passe des heures à discuter de physique quantique et de je ne sais quoi avec lui.

Je m'appelle James et lui Jarves alors, comme ils ont la manie de tout classer par ordre alphabétique au lycée, depuis le début, on se retrouve côte à côte pour les photos de classe, les sorties, les réunions…

À ses yeux, je suis sans doute comme ce clochard : un cas désespéré, mais intéressant quand même. Une bonne action plutôt qu'une amie. Il sait qu'il y a un truc qui cloche chez moi. Il s'en doute. Je le vois à sa façon de me regarder. Du coup, il y a comme une sorte d'accord tacite entre nous.

Je ne lui mens pas, mais je ne lui dis pas la

vérité non plus. Je ne peux pas. Si je lui révélais quoi que ce soit, ça le mettrait dans une situation impossible. Il est déjà le goutte-à-goutte qui creuse lentement un ravin en moi.

Le lundi suivant, en cours de physique, je contemple le ciel bleu par la fenêtre. Le bourdonnement continu des voitures sur Bay Street est brusquement couvert par les sirènes qui hurlent dans le couloir.

Sans précipitation, nous nous levons et nous nous dirigeons vers la porte. Personne n'a l'air particulièrement inquiet. Nous rejoignons le troupeau des autres classes, formant un flot d'élèves qui se déverse par l'issue de secours.

– Ce n'est pas un exercice, c'est une alerte à la bombe ! crie quelqu'un.

La nouvelle circule dans les rangs.

– Ces crétins de terminale, murmure une fille sur ma gauche.

Il s'agit d'une véritable tradition : deux fois par an, au printemps et en automne, généralement un jour où il fait beau et chaud, un élève de terminale appelle le secrétariat du lycée pour lancer une alerte à la bombe. C'est aussi prévisible que le changement d'heure, malgré tout, l'administration est obligée de traiter la menace avec sérieux chaque fois.

Le personnel du lycée se déploie pour nous évacuer, mais nous n'avons pas besoin d'écouter leurs instructions pour savoir quoi faire. J'aimerais qu'on puisse s'allonger sur la pelouse au soleil, hélas, pas moyen.

Autrefois, c'était comme ça, à ce qu'on m'a

raconté. Les élèves patientaient tranquillement en plein air avant d'être renvoyés chez eux. Mais l'administration s'est aperçue que le centre social voisin pouvait nous accueillir. Et depuis que je suis au lycée, on doit aller là-bas, pour que les alertes à la bombe ne soient pas une partie de plaisir.

Déjà, ces locaux sont au-delà du sinistre. En plus, c'est assez humiliant de devoir marcher en rang dans la rue comme des maternelles.

On se rassemble dans le hall d'entrée avant d'être répartis en petits groupes – par ordre alphabétique, bien sûr. De A à I, c'est l'auditorium. De R à Z, la salle multimédia. Le milieu de l'alphabet attend sagement les ordres. Finalement, de J à Q, nous nous entassons dans une petite salle autour de quatre tables, où les personnes âgées jouent au bridge d'habitude. Un à un, les secondes et les premières appellent leurs parents pour obtenir l'autorisation de partir. Un jeune prof de SVT inexpérimenté leur fait signer une feuille avant de les laisser sortir.

Puis il fait l'appel et, dès qu'il a tourné le dos, le reste des J à Q en profite pour filer, nous laissant seuls, Ethan et moi.

Il me regarde en haussant les épaules, puis se met à battre un paquet de cartes tout corné.

– Une petite partie de gin-rami ? Canasta ? Kems ?

Je secoue la tête. J'aimerais bien avoir autre chose à faire que mes devoirs, mais pas jouer aux cartes. J'ai quelques lacunes par rapport aux ados ordinaires. La plupart ont été comblées par deux ans de visionnage intensif de Disney Channel et

Cartoon Network, mais les jeux de cartes, je ne maîtrise pas.

– Non ? Bon, d'accord. Alors un huit américain ?

Je secoue à nouveau la tête. Je sens que je rougis.

– Un pouilleux ? Un menteur ?

Je me creuse la tête. Je dois bien en connaître un quand même. Un jour, au cours d'une sortie en car, j'ai regardé les autres qui faisaient une partie... de je ne sais plus quoi.

– Bah alors, tu aimes quoi, comme jeu ?

Il me lance ce regard... pas méchant. Au contraire. Il me fait souvent ces yeux-là. L'air intrigué, un peu perplexe, comme s'il savait qu'il avait trouvé une faille, mais mettait un point d'honneur à ne pas en profiter.

Je contemple les étagères. Les boîtes de jeux de société. Si seulement il y avait un Monopoly, ça, je connais...

– Puissance 4 ?

Je devrais y arriver, non ?

– Non, un jeu de cartes, James. Ah, je sais... la bataille. Tout le monde aime jouer à la bataille.

Il distribue les cartes sans attendre ma réponse. C'est un test ou quoi ?

Je l'observe avec attention. Il pose une carte, je l'imite. Visiblement, celui qui a la carte au chiffre le plus élevé prend celle de son adversaire. J'essaie de repérer la hiérarchie entre celles qui figurent des membres de la famille royale ou je ne sais quoi. Comme lui, je fais un tas des cartes que j'ai remportées, face cachée.

– Bataille ! hurle-t-il lorsque nous posons tous les deux un quatre.

Je le regarde, attendant la suite. Et il comprend aussitôt que je ne sais jouer ni à la bataille ni à aucun des jeux qu'il m'a proposés.

Il recouvre sa carte de deux autres, à l'envers, lentement pour que je puisse suivre. Puis il explique :

– On retourne la dernière et la plus forte l'emporte.

Ce n'est plus un test, c'est un vrai cours.

Je ne sais plus où poser mes cartes. Mon esprit s'embrouille. Je croise son regard un quart de seconde.

Il sait. J'ignore quoi, mais il sait quelque chose. À mon sujet. Il sait que je suis différente, qu'il y a un truc qui cloche chez moi. Et il le sait depuis longtemps. C'est pour ça qu'il s'occupe de moi, je suis sa bonne action permanente. Il sait que je ne peux pas en parler, et il n'insiste pas, mais il m'observe, il essaie de comprendre. Il y a des moments de transparence entre nous où je sens tout ça et lui aussi.

J'ôte mes lunettes pour me frotter les yeux. J'essaie de me concentrer sur le jeu. Je ressens trop de choses quand je suis avec lui.

– Dame ! me félicite-t-il en retournant la carte que j'ai enfin réussi à poser au bon endroit. Bravo !

Il laisse passer sans commentaire. Il me fait grâce de cette bizarrerie.

– Tu as sorti ta dame pile au bon moment, Jamie ! Vas-y, tout le tas est à toi.

Il est content que je gagne.

– Je remporterai la prochaine manche, m'assure-t-il, alors ne prends pas la grosse tête.

Il s'efforce d'être léger, joyeux, mais son regard est grave, protecteur, inquiet. Il y a toujours des sous-entendus entre nous.

– J'ai faim ! annonce-t-il soudain. J'ai de la monnaie. On va s'acheter des trucs au distributeur ?

Ravie de la distraction, je me lève pour le suivre, les mains enfoncées dans les poches de mon jean.

– Jouer aux cartes ne s'apprend pas en un jour, tu sais, Henny, me dit-il en me tapotant la clavicule avec le paquet. Je pense qu'on devrait commencer par le menteur, puis peut-être le pouilleux, enchaîner avec le huit américain et pour finir le gin-rami. J'ai de grands projets pour toi, mon amie.

Je ne sais pas quoi répondre. Il vient de découvrir l'une de mes innombrables failles et il ne pose pas de questions, il veut m'aider à la combler. Il a trouvé une autre tactique d'approche.

– Ensuite, quand tu seras prête, je t'apprendrai le meilleur jeu de tous les temps... la dame de pique. Tu vas adorer, fais-moi confiance.

Plic ploc, plic ploc, l'eau tombe goutte à goutte. Je ne peux pas l'empêcher d'approcher, je ne veux pas.

Nous nous retrouvons devant un distributeur presque vide.

– Les goinfres, marmonne Ethan.

– Bah... y a des chips, fais-je en m'efforçant de prendre le ton le plus normal possible.

Il fait la grimace.

– Cuites au four ? Beurk... et puis, franchement, des chips goût ketchup ? Quelle idée !

Je ris.

— Des réglisses ?
— Pas assez gras.
— Les crackers au fromage sont en miettes, je constate.
— On dirait qu'ils sont là depuis 1982.
— Le chewing-gum ne nous rassasiera pas.
Il soupire :
— Qu'est-ce que je donnerais pour un paquet de trois ou quatre *cupcakes* au chocolat avec du sucre dessus et l'espèce de crème blanche à l'intérieur…
— Y a des chips mexicaines ! je m'exclame. C'est le dernier paquet.
Il hoche la tête.
— T'as raison.
Il glisse sa pièce dans la fente et fait virevolter ses doigts devant les boutons.
— Euh… D… euh… quatre.
— Non, c'est les graines de tournesol !
— Ah, oui… Euh… D… six.
— Non ! C'est le bœuf séché !
Je glousse. Évidemment, il le fait exprès. Alors que je tends le doigt pour appuyer sur le chiffre cinq, il me repousse.
— Laisse, je m'en occupe, affirme-t-il en faisant semblant de composer E3 (oignons frits !).
J'écarte sa main au dernier moment.
— Aucun être normalement constitué n'aime ça ! je m'écrie comme la plus ordinaire des filles de dix-sept ans.
L'écho de mon rire me fait taire brusquement. Je jette un regard vers l'auditorium, cherchant Jeffrey des yeux. Vite, quelqu'un pour me faire la leçon ! Là, je suis en train de m'amuser !

Les chips mexicaines tombent de leur rangée avec un crissement. Ethan se jette dessus.

Je prétexte que je dois aller aux toilettes pour me faire la morale dans le couloir.

Je n'aurais jamais dû lui toucher la main. Je n'aurais pas dû rire. Je ne devrais pas partager son paquet de chips. Quand je prétends que ce n'est rien, je me mens à moi-même.

La formulation de la douzième règle est vraiment géniale quand on y pense. Elle ne dit pas qu'on n'a pas le droit de sortir avec un natif du temps présent, bien que ce soit formellement défendu, bien entendu. Elle n'interdit pas de s'embrasser, de se tenir la main ni même carrément d'avoir une relation sexuelle (ce qui est impensable pour un milliard de raisons). Parce que tout ça, on pourrait le contourner, l'interpréter. À la place, elle décrète qu'on ne doit pas être intime avec un natif du temps présent. C'est le hic. L'intimité.

Je connais la définition de ce mot. C'est le moindre échange de regards entre Ethan et moi. C'est chaque fois qu'il me taquine et que je le taquine à mon tour. C'est tous les surnoms qu'il me donne. C'est quand il m'apprend à jouer à la bataille et qu'il retourne ma dame. C'est tout ce que j'adore.

Et ils ne peuvent pas vraiment me coincer pour ça, parce que la preuve de cette intimité, elle est dans ma tête. Le seul endroit où ils ne peuvent pas pénétrer.

Comme d'habitude, lors de ma prochaine séance avec M. Robert, je vais me faire rabrouer. Et je répondrai : « Hé, j'essaie de mener une vie d'ado normale, c'est tout. Ce n'est pas ma faute, si je me retrouve chaque fois avec Ethan. »

Ils ne veulent pas que je joue les ermites ou les sociopathes. On ne peut pas tous passer notre temps sur les jeux vidéo comme Dexter Harvey, quand même!

Une fois de plus, si je me débrouille bien, il me croira, un temps, tout du moins. Mais je sais que si lui ou l'un des dirigeants pouvait lire dans mon cœur, ma photo s'afficherait sur l'écran à la prochaine cérémonie des Règles, c'est certain.

Lorsque je sors des toilettes, Ethan vient à ma rencontre, l'air perplexe.

– Ben Kenobi est là. Je l'ai vu arriver. Il m'a dit qu'il montait dans la salle des périodiques et qu'il voulait te parler.

– Ah, bon?

Bizarre. Parfois, je lui donne des clémentines ou des chips. Un jour de grand froid, j'ai déposé un bonnet de laine dans son chariot, mais on ne s'est jamais vraiment adressé la parole. C'est l'ami d'Ethan plus que le mien.

– À moi toute seule?

– C'est ce qu'il m'a dit.

J'hésite. Je n'ai aucune raison d'avoir peur de lui. Il a l'air très gentil, et très vieux. Ça ne me nuit pas qu'il soit un peu dérangé et qu'il trimballe son chariot plein de boîtes et de canettes vides partout. Mais quand même. Je monte à l'étage, Ethan m'attend au pied de l'escalier.

La pièce n'est pas éclairée. Il n'y a que lui, assis par terre, sous une table. J'ai du mal à le reconnaître sans son chariot et ses canettes. Mais je suis touchée qu'il ait gardé le bonnet que je lui ai donné.

– Tu t'assieds ? me propose-t-il.

D'habitude, au parc ou devant le supermarché, ses rides pointent vers le haut. Aujourd'hui, tout son visage pointe vers le bas.

Je me mets en tailleur sur la moquette marron élimée. Je suis contente d'avoir laissé la porte entrouverte.

– Je peux regarder tes lunettes ?

Je les lui tends à contrecœur. Aussitôt, le monde devient flou.

– Je ne vois rien sans, j'explique.

Il les examine brièvement avant de les fourrer à l'intérieur de son bonnet, sur ses genoux.

– Je ne crois pas, répond-il.

– Si, si, c'est vrai.

Nous avons tous un problème de vue, nous, les immigrés temporels. Le voyage nous a abîmé les yeux. Rien n'y fait, même pas les lentilles. Nous avons besoin de nos verres spéciaux pour y voir correctement.

– Il me les faut, vous savez…

Tout à coup, une pensée irrationnelle me traverse l'esprit : et s'il savait quelque chose ? Les dirigeants et les conseillers suivent nos moindres faits et gestes, ils sont au courant de tout ce qu'on voit, dit, entend. Personne n'en parle, pourtant, c'est la vérité. Et je crois que c'est grâce aux lunettes. Qu'il y a une microcaméra implantée à l'intérieur. Katherine n'est pas complètement convaincue par ma théorie, mais le temps de la lui exposer, j'avais caché nos deux paires de lunettes au fond de mon placard, sous un pull, porte fermée, et M. Robert n'a jamais mentionné cette conversation.

— Je te les rendrai dans une minute, mais d'abord, je voudrais te parler.

Je commence à être vraiment mal à l'aise. C'est la première fois que je discute avec lui. Non seulement ce qu'il raconte me perturbe, mais sa voix aussi. Dans la pénombre, ses joues creuses brillent d'un éclat argenté. Il est tellement buriné que je ne parviens pas à lui donner un âge. Soixante-dix ? Quatre-vingts ? Quatre-vingt-dix, même ? C'est encore plus difficile à dire sans mes lunettes.

— Elles sont vraiment si hideuses que ça ? dis-je d'un ton que je voudrais léger.

Il ne sourit pas.

— Je vais peut-être avoir besoin de ton aide.

— D'accord, dis-je, circonspecte.

— Je n'ai pas envie de t'impliquer là-dedans et si je pouvais l'éviter, je préférerais. Mais au cas où, je voulais te prévenir. Ou, plutôt, je voulais te demander…

Je serre les poings, mes ongles me rentrent dans la paume des mains. C'est un SDF, qui n'a plus toute sa tête, je dois rester polie.

— Prenna, écoute-moi bien, c'est important. Il y a un moment précis où notre futur prendra une voie à l'issue fatale. Ça va arriver bientôt, il ne faut pas laisser ce jour passer sans agir.

Tout mon corps est tendu. Mon cerveau tourne à vide. Les seules pensées qui résonnent dans ma tête sont celles qu'on y a enracinées de force : « Est-ce que M. Robert entend cette conversation ? Quelle règle suis-je en train d'enfreindre ? Comment me sortir de cette situation sans attirer l'attention ? »

— Je ne sais pas exactement comment ça va se passer, poursuit le vieil homme, on ne peut plus sérieux. Mais je sais *quand* ça va se produire. Dans moins de trois semaines. Personne ne le voit venir. C'est le genre de bifurcation qu'on ne repère qu'après coup. Et étant donné que nous disposons de ce privilège contre nature, toi et moi, j'ai bien l'intention d'en profiter.

Je vais pour me lever, mais il me prend la main.

— Prenna, s'il te plaît. Juste une minute. C'est important. Un seul acte, un meurtre, va changer le cours de l'histoire. Il faut l'empêcher. Je ne veux pas te donner plus de détails tant que ce n'est pas nécessaire.

Plus il parle, plus j'ai l'impression de le connaître. Mais il ne fait pas partie de notre communauté. Impossible. Sa voix réveille des souvenirs... j'ai dû le croiser dans mon ancienne vie. Un ami de ma grand-mère Tiny ? Ou un collègue plus âgé de mes parents ? Je suis trop paniquée pour y réfléchir posément.

Je m'imagine M. Robert. Il faut que je me calme. Il faut que je me sorte de là. Que je cache ma peur. Je ne peux pas laisser ce vieux fou voir l'effet qu'il me fait.

— L'homme qui va commettre ce meurtre, il me l'a confessé avant de mourir. Il était gravement malade, son discours était un peu confus. Mais je suis sûr de la date. Je suis sûr que c'est la bifurcation. Et il en était également conscient. Si on la rate, ce sera trop tard. On ne pourra plus revenir en arrière.

— Eh bien…

Je me racle la gorge. Je soupire. J'essaie de rester

calme, je prends un ton un peu condescendant. Il est fou, après tout.

— … s'il est mort, il ne risque pas de tuer qui que ce soit, alors.

— Il n'est pas encore mort! s'emporte-t-il, agacé. Il a encore soixante ans devant lui.

Une nouvelle boule d'angoisse se forme au creux de mon ventre. « Qui est cet homme ? D'où sort-il ? D'où tient-il ces informations ? Pourquoi me les confie-t-il ? » Je m'efforce d'arrêter le tourbillon de mes pensées. Mais comme on dit, une horloge cassée donne tout de même la bonne heure deux fois par jour.

— Je suis désolé de te tomber dessus de cette façon, s'empresse-t-il d'ajouter. J'aurais préféré éviter, mais je te le répète, je risque d'avoir besoin de ton aide. On ne peut pas laisser passer cette date. Parce que tu connais le futur qui nous attend aussi bien que moi. Tu sais qu'il faut l'empêcher à tout prix.

Je me lève. Je suis bouleversée. Il faut que je sorte de là. Peu importe l'impression que je donne.

— Je t'en prie. Encore une chose. Les gens qui t'entourent disent qu'ils agissent mais c'est faux. Ils ne font rien. Ils se cachent ici comme des lâches, ils en profitent un maximum tant que ça dure, c'est tout.

Je ne respire plus. Je crois bien que mon cœur s'est arrêté. Je ne dis pas un mot.

— L'homme que nous cherchons ne réalise pas ce qu'il est en train de faire. Mais vers la fin, il a compris. Il m'a supplié avant de mourir: « Ne me laissez pas faire. »

– Il faut que j'y aille, dis-je d'une toute petite voix.

– Si un jour tu as besoin d'aide, tu peux faire confiance à ton ami Ethan. Il voit des choses que les autres ne peuvent pas voir. Il te soutiendra.

Je fais un pas vers la porte.

– Tu connais déjà la date. C'est le 17 mai. Je ne te demanderai pas ton aide si je peux m'en passer.

Je quitte la pièce en titubant, avant de revenir, encore plus vacillante :

– Rendez-moi mes lunettes, s'il vous plaît. J'en ai besoin.

Il les sort de son bonnet et me les tend.

– C'est eux qui ont besoin que tu en aies besoin.

CHAPITRE 5

Assise dans ma chambre, j'attends qu'on me téléphone. Ou qu'on frappe à ma porte. Ont-ils déjà prévenu ma mère ? Va-t-elle rentrer plus tôt du travail pour être sûre que je fais bien ce qu'ils me demandent ? Y aura-t-il seulement M. Robert ou bien aussi d'autres responsables ?

Trois heures plus tard, j'ai toujours le cœur qui bat à tout rompre. Pourquoi M. Robert ne m'a-t-il pas encore appelée ?

J'ai reçu deux coups de fil – Ethan et encore Ethan – mais je n'ai pas décroché. Il se demande pourquoi je me suis enfuie en courant du centre social sans même signer la feuille, et je ne pourrai pas lui expliquer sans mentir.

« Il voit des choses que les autres ne voient pas. » Qu'est-ce que ça signifie ? Le vieil homme lui a-t-il servi le même genre d'âneries qu'à moi ? Ethan aurait écouté vaillamment. Il n'aurait sans doute pas été aussi bouleversé que moi.

J'aimerais fourrer tout ce que le SDF m'a dit dans un grand sac pour le jeter dans ma poubelle mentale, mais certains trucs plus perturbants que d'autres ne cessent de me revenir en mémoire.

Il avait l'air de sous-entendre qu'il venait du même endroit que moi. Sauf que c'est impossible.

Il est beaucoup trop vieux. Si ça se trouve, il était déjà né quand on est arrivés ici. Pour préserver la séquence naturelle du temps, tu repasseras. Voilà pourquoi aucun d'entre nous n'avait plus de cinquante ans.

« Bien sûr que c'est impossible ! Je ne vois même pas pourquoi je me pose la question ! Il est dingue ! »

Pourquoi M. Robert ne m'a-t-il pas encore contactée ?

Un autre point me chagrine. Le vieil homme a dit que personne ne pouvait nous entendre. Et que c'était eux qui avaient besoin que j'aie besoin de mes lunettes. A-t-il réussi à étouffer le micro ? Comment pourrait-il être au courant ? Impossible. Mais alors pourquoi m'avoir pris mes lunettes ? Pourquoi m'avoir dit ça ?

Et le plus troublant pour la fin : il a affirmé que je connaissais la date. Je ne veux pas savoir la date. Vraiment, je ne veux pas.

Lentement, à contrecœur, je transforme cette date en chiffres. Je sens mes intestins se nouer, un frisson me parcourir. 170514. Je connais la date.

Je m'allonge sur mon lit pour essayer de dormir un peu. En réalité, j'essaie de comprendre pourquoi ils ne m'ont pas appelée. C'est presque pire, en fait. Je voudrais arrêter de penser, je ne peux pas. J'abandonne, je laisse mon esprit m'emmener où il veut. Il revient toujours à la fin du printemps 2010. Une courte période d'amnésie entoure le trajet jusqu'ici. Je ne sais pas pourquoi. Sans doute parce que c'est une expérience relativement éprouvante de voyager dans le temps. Ou alors c'est lié au traitement de décontamination ou aux «vitamines» qu'on nous a fait prendre juste avant de partir, pour réduire le stress et nous immuniser contre une dizaine de maladies auxquelles nous étions particulièrement vulnérables.

Nous prenons encore des cachets tous les soirs pour nous protéger, mais pas aussi forts. Enfin bref, je me rappelle les quelques jours qui ont précédé le départ, mais pas le voyage en lui-même ni notre arrivée ici.

Mon premier souvenir est un portail qui grince. Celui d'un square à quelques kilomètres et quatre-vingt-huit ans de chez moi. Près de Rye, dans le comté de Westchester. Avec un groupe d'adultes et une vingtaine d'autres enfants immigrés, nous y avons patienté de longues heures les deux premières semaines. Peut-être un peu plus, peut-être un peu moins. Je n'avais plus la moindre notion du temps.

C'est à cette époque que les adultes qui ne faisaient pas partie de l'encadrement ont obtenu leur «position». Ils ont été répartis dans la banlieue de New York, où ils ont formé des foyers plausibles, sous une nouvelle identité.

Je me revois assise à l'envers sur un tape-cul, complètement dépassée par l'afflux de nouveaux bruits et odeurs, par ces créatures qui voletaient autour des arbres, tous ces grands arbres bien verts. Je me souviens de m'être demandé où était passé mon père, je me disais qu'il devait être occupé à préparer notre nouvelle vie, c'était sans doute pour ça que je ne l'avais pas encore vu.

Ce n'est que deux semaines plus tard – peut-être plus –, quand nous avons emménagé dans notre maison avec ma mère, que nous nous sommes assises pour notre premier dîner en famille dans ce nouveau monde, que j'ai compris qu'il n'était pas venu et qu'il ne viendrait pas. M. Robert et Mlle Cynthia m'ont tous les deux soutenu qu'il avait décidé à la dernière minute de ne pas immigrer finalement. C'est ce soir-là que j'ai commencé à le croire parce que mon père détestait rater le dîner.

Je me rappelle qu'en me voyant affalée sur le tape-cul, Mlle Cynthia m'a lancé d'un ton mauvais :
– Tu pourrais prendre l'air moins bête, s'il te plaît ?

J'imagine l'impression qu'on donnait, vus de l'extérieur : un groupe de réfugiés, venus d'un pays lointain et délabré. C'était d'ailleurs le cas.

Je me rappelle ce que je portais, une tenue qu'on m'avait achetée dans un grand magasin du coin. C'était censé nous permettre de passer inaperçus, sauf qu'on était fin avril, qu'il faisait particulièrement doux, et qu'on était tous en manches longues et pantalons pour cacher les bleus et les griffures récoltés durant le voyage. Comment ? Aucune idée.

Dès mon arrivée ici, je n'ai rien fait comme il fallait et j'ai commencé à éveiller leurs soupçons. D'abord, il y a eu le sweat bleu marine « New York Giants ». Il ne venait pas de chez nous, pourtant je le portais quand on m'a retrouvée. Ma mère, Mlle Cynthia et M. Robert m'ont bombardée de questions pour savoir d'où il sortait. Encore une fois, je n'en avais pas la moindre idée. Même la très puissante Mme Crew a pris le temps de m'interroger à ce sujet. Ils s'imaginaient que je mentais, que je leur cachais quelque chose, mais non. À ce jour, je ne peux toujours pas vous dire comment il est arrivé entre mes mains. Franchement, c'est un mystère complet.

Bon, j'avoue, j'étais censée m'en débarrasser, mais je l'ai conservé, plié dans un sac plastique, tout en haut de mon armoire. Je ne sais pas vraiment pourquoi. En tout cas, c'est comme ça que j'ai commencé à mener ma petite vie de mon côté et à leur mentir. J'imagine qu'à force d'être accusé à tort, on finit par se dire : «Autant mentir.»

Le deuxième détail qui m'a attiré des ennuis, c'était les chiffres. On m'a trouvée vêtue d'un sweat des New York Giants sorti d'on ne sait où avec de gros chiffres griffonnés au marqueur sur le bras. Drôle de fille... je sais. J'ignore complètement comment ces chiffres sont arrivés là. Ça aussi, ça a contrarié M. Robert, ma mère et les autres. J'ai promis que ce n'était pas moi. De toute façon, ils voyaient bien que ce n'était pas mon écriture. Mais comme je ne pouvais pas leur expliquer d'où ça venait non plus, ils ont décrété que j'y mettais de la mauvaise volonté.

M. Robert était assez mesuré, mais Mlle Cynthia m'a terrorisée. Je me revois fixer mon bras, rouge de honte, alors qu'elle me hurlait dessus. L'encre bavait, filait dans les stries fines de ma peau. Je me rappelle aussi qu'elle m'a frottée avec une éponge à récurer jusqu'à ce que j'aie le bras en sang. Ils m'ont obligée à porter des manches longues en m'ordonnant de n'en parler à personne, mais j'ai quand même montré la plaie à Katherine. Ensuite, ma mère a pris la relève. Elle m'étrillait tous les soirs au-dessus de l'évier, jusqu'à ce que toute trace ait disparu. Ils étaient tenaces, ces chiffres. Je ne risque pas de les oublier.

22 décembre 2011

Cher Julius,

J'ai encore rêvé de toi, cette nuit. Peut-être parce que je m'endors toujours en t'écrivant. Il faut dire que j'écris tard, dans le noir et les yeux fermés – on ne sait jamais. Pas étonnant que j'aie une écriture de cochon ! (« De cochon » = pas belle, une expression d'ici.)

Les gens écrivent surtout sur l'ordinateur. Poppy nous en avait parlé, tu te souviens ? Ils passent tout leur temps dessus, comme s'ils étaient enchaînés à leur engin, qu'ils n'avaient pas le choix. Les profs trouvent bizarre que je préfère écrire sur une feuille. Mlle Scharf est convaincue que, dans le futur, personne n'utilisera plus de papier et que j'aurai l'air d'un autre âge...

Hier, on a accroché des lumières sur la façade de la maison et on a acheté un arbre pour le mettre à l'intérieur. On l'a décoré avec plein de lumières aussi. C'est pour Noël, un truc super important pour les gens d'ici. Je n'ai pas vraiment compris le principe, et je crois que maman non plus, mais on a fait comme les voisins.

Maman me reproche sans arrêt de passer trop de temps dehors. Elle dit que les jeunes d'ici restent à l'intérieur. Elle a raison. Ils regardent la télé, sont sur l'ordinateur, au téléphone ou jouent aux jeux vidéo. Non que ce soit dangereux ou interdit, ils peuvent aller dehors quand ils veulent. Au contraire, leurs parents les poussent à sortir. Mais ils préfèrent rester dedans.

*Bisous,
Prenna*

CHAPITRE 6

Quand Katherine m'ouvre la porte, le lendemain matin, avant d'aller en cours, elle comprend tout de suite qu'il y a quelque chose qui cloche. Sauf qu'elle ne peut pas me poser de questions.

Je la suis dans sa chambre. Son père part au travail très tôt.

Je cherche comment formuler les choses.

– Tu vois Ben Kenobi, celui qui est toujours devant le supermarché ?

– Ouais.

– Il est complètement dingue.

– Qu'est-ce qui s'est passé ?

– Il m'a coincée pour me parler d'un meurtre qu'il voudrait empêcher, t'imagines… un truc qui doit se produire… je ne sais plus… j'ai oublié… enfin, le mois prochain, dis-je d'un ton détaché, mais en la fixant avec le plus grand sérieux.

Katherine hoche lentement la tête. Elle est au courant pour les chiffres. J'ignore si elle a fait le rapprochement. Très subtilement, je me gratte le bras.

– J'ai essayé de filer le plus vite possible, il était trop bizarre. Évidemment, je n'ai pas cru un mot de ce qu'il racontait, dis-je bien fort, au cas où quelqu'un écouterait la conversation.

Je vois qu'elle se creuse la tête. On a une sorte de code quand on veut parler de nos parents, de nos conseillers ou d'Ethan. Je reprends :

— M. Fasanelli ne nous a pas donné de devoirs pour demain.

Ce qui signifie que M. Robert ne m'a pas encore appelée à ce sujet.

— Ah bon, tant mieux, dit-elle.

— À mon avis, c'est reculer pour mieux sauter, je réponds. On aura sans doute deux fois plus de travail ce week-end.

Comme prévu, il téléphone juste après les cours.

— Bonsoir, monsieur Robert. Ça va ? dis-je, le cœur battant.

— Hum… Prenna, je ne voulais pas attendre notre prochaine séance pour t'interroger sur ta conversation avec le sans-domicile fixe avec lequel tu sembles avoir sympathisé.

J'essaie d'interpréter le ton de sa voix. Ma mère me lance un regard interrogateur.

— Quelque chose te tracasse ? me demande-t-il.

Avant, je l'aimais bien. J'étais tellement contente qu'il soit mon référent, et pas Mlle Cynthia. Il a un visage rond, sympathique, et il porte souvent des cravates ornées d'arcs-en-ciel, de grenouilles ou de motifs rigolos. Quand il me pose des questions, il donne toujours l'impression de s'inquiéter sincèrement pour moi.

— Non, pas vraiment, ai-je répondu. Il est fou, c'est tout. Je ne pensais pas que c'était à ce point, malheureusement.

— Eh si…, soupire-t-il.

Je devine qu'il veut en savoir plus. D'un ton grave, je déclare :

— À vrai dire, ça m'a mise terriblement mal à l'aise.

— Ça a dû être très dur pour toi, en effet...

J'imagine sa tête quand il dit ça: il fronce les sourcils d'un air compatissant. Il se frotte peut-être le menton, préoccupé. C'était aussi le conseiller d'Aaron. Il lui sortait sans doute le même genre de petites phrases. Mais j'ai compris que M. Robert n'en avait rien à faire de moi, de nous, bien avant la mort d'Aaron. Il a suffi que je l'entende évoquer de son ton professionnel et efficace le protocole à suivre pour se débarrasser de mon cadavre.

Je reprends, tout enjouée:

— Enfin, vous me connaissez! Je suis toujours très attentive aux autres. C'est important pour moi, on en a beaucoup parlé ensemble. Mais maintenant, je crois qu'il vaut mieux que je ne sois plus amie avec lui.

Ça sonne tellement faux que j'en ai la nausée, mais par chance, M. Robert n'est pas très perspicace. C'est eux qui nous ont appris à mentir, qu'est-ce qu'ils croyaient, franchement?

— Je pense en effet que ce serait plus sage, Prenna, décrète-t-il.

Il dit souvent ça. Avant je croyais qu'il me complimentait pour mon attitude responsable, mais maintenant, je sais décoder le sous-entendu: «Si on te surprend à adresser la parole à cet homme, tu vas le regretter.»

Le lendemain, après les cours, je propose à Katherine d'aller à la piscine.

Vu qu'on est censées se comporter comme des

filles normales et ne pas faire de trucs bizarres – du genre se baigner avec nos lunettes spéciales – j'ai pris l'habitude d'aller là-bas quand je veux lui parler en privé. M. Robert doit se douter de quelque chose parce que, les deux dernières fois, on s'est fait réprimander. Mais ce qui a confirmé mes soupçons, c'est qu'il n'a pas mentionné ce dont nous avions parlé dans l'eau – et j'avais justement sorti deux ou trois théories hautement subversives pour voir. On se fera à nouveau disputer, peut-être même punir. M. Robert n'avait pas trouvé de raison valable pour nous interdire la piscine l'autre jour, mais depuis il a sûrement inventé un prétexte. C'est sans doute la dernière fois qu'on peut le faire, alors j'en profite.

– Je n'arrête pas de repenser aux chiffres, lui dis-je en barbotant dans l'eau glacée.

Katherine hoche la tête. Sans mes lunettes, je ne vois qu'une forme colorée, mais je note cependant qu'elle a les lèvres bleues.

– Au début, je n'avais pas saisi l'allusion, mais maintenant oui, m'avoue-t-elle.

– Depuis le temps que j'essaie de comprendre... Je n'avais jamais imaginé que ça pouvait être une date. Maintenant, c'est évident.

Elle a peur de répondre, je le sens. On est sur un terrain miné et, comme je l'ai déjà dit, ma théorie des lunettes ne l'a pas complètement convaincue.

Alors, j'enchaîne. Je dis ce que je ne devrais pas dire ni même penser:

– Et s'il n'était pas fou? En tout cas, pas complètement? Si cette date était bien réelle et qu'il ait besoin de moi pour agir?

Katherine acquiesce à nouveau. Je sais la tête qu'elle fait sans avoir besoin de la voir. Elle écarquille les yeux, morte d'inquiétude pour moi.

– Tu crois que je devrais lui parler ? Je sais que je n'ai pas le droit, mais s'il me contacte à nouveau ? Je ne peux pas laisser cette date passer sans rien faire, pas vrai ? Il a dit que les gens de notre communauté ne faisaient rien pour arranger les choses, qu'ils se planquaient, c'est tout. J'ai bien peur qu'il ait raison.

Même dans le flou, je vois bien que mon amie est totalement paniquée.

– Désolée, j'arrête. Je ne devrais pas te mêler à ça. Si je m'attire des ennuis, tant pis, mais je ne veux pas t'entraîner. Je me tais.

– Ce n'est pas grave. Je m'inquiète pour toi, c'est tout, avoue-t-elle dans un murmure. Je t'en prie, sois prudente.

Je sautille sur place, pour essayer de me réchauffer.

– Je crois que je dois lui parler, dis-je.

Je ne sais vraiment pas me taire.

12 février 2011

Cher Julius,

Tu n'imagines même pas tout ce qu'on trouve ici. Dans un endroit immense qu'ils appellent « centre commercial », ils ont réuni une ville entière de magasins où ils vendent des millions et des millions de choses, beaucoup plus que les gens ne peuvent en acheter. Pas parce qu'ils n'ont pas les moyens, pour la plupart, mais parce que leur maison est déjà tellement remplie qu'ils n'en ont pas besoin. Quand le centre commercial ferme, le soir, les rayons sont encore presque aussi pleins que le matin. Les gens ne se précipitent pas pour acheter, ils ne font pas la queue. Ils se baladent au milieu de tous ces trucs dont ils n'ont même pas besoin. Et c'est NORMAL.

Je ne sais pas d'où viennent tous ces objets car on ne voit jamais personne les fabriquer.

Bisous,
Prenna

CHAPITRE 7

Tous les soirs, après les cours, je traverse le parc, puis je passe devant le supermarché. Mais je n'ai pas encore décidé ce que je dois faire pour le SDF. Quand je me dis qu'il a peut-être raison, une foule de questions m'assaille. Pour l'instant, je voudrais juste le voir. Je suis même allée au centre social, mais il n'est nulle part.

– Tu as croisé Ben Kenobi dernièrement ? me demande Ethan le lundi suivant, m'ôtant les mots de la bouche.

Je l'évite depuis l'incident de l'autre jour. Je ne veux pas qu'il me demande pourquoi le vieil homme a demandé à me parler ni ce qu'il m'a raconté. Mais le voilà devant mon casier, un chewing-gum dans la bouche.

– Non, pas depuis un moment.

Je glisse mon classeur d'histoire dans mon sac, je m'éclaircis la voix. Je ne sais décidément pas me taire.

– Pourquoi ?

– J'ai un truc à lui donner. Un article d'une des chercheuses du labo où j'ai fait un stage l'été dernier. Je crois que ça pourrait l'intéresser.

Je décèle quelque chose d'un peu artificiel,

d'un peu forcé dans son attitude, et ce n'est pas seulement le chewing-gum.

Je ne sais pas trop comment réagir. Il y a rarement des silences gênés entre nous. En général, on embraye facilement sur un sujet plus léger. Mais aujourd'hui, on se dévisage, cherchant comment sortir de cette impasse.

Alors il poursuit :

– Elle est géniale, celle qui a écrit le papier. Elle vient de sortir du MIT, où elle a mené des travaux sur les trous de ver dans l'espace-temps. En réalité, son domaine, c'est l'énergie des vagues ; le reste, c'est du loisir !

Il tire l'article de son sac pour me le tendre. J'aperçois plein de diagrammes et d'équations.

– Tu comprends tout ça ?

– Oui, en gros...

Il redresse la tête, réalisant soudain qu'il vient de trahir son rôle du gars qui a besoin d'aide en physique. Il sort un papier de sa poche afin d'y cracher son chewing-gum.

– Enfin, pas tout, c'est sûr. Mais c'est un sujet qui me passionne depuis qu'à quatorze ans, j'ai... euh...

Il s'interrompt pour me regarder. Sa bouche s'ouvre et se ferme.

– Depuis que quoi ?

– Depuis que j'ai... rien. Laisse tomber.

Il pince les lèvres, visiblement contrarié.

D'habitude, c'est toujours moi qui fais des mystères, qui marmonne dans ma barbe, qui suis méfiante. C'est très bizarre de voir Ethan se comporter ainsi. Franchement, je trouve que je suis plus douée.

– Depuis que tu quoi ?

Je ne devrais sans doute pas insister. Les conseillers espionnent sûrement mes moindres faits et gestes. Et paroles.

Ethan me fixe, hésitant.

– J'ai vécu une expérience particulièrement troublante quand j'avais quatorze ans. J'étais parti pêcher pas loin de chez moi…

Son attitude me déconcerte, comme la première fois qu'on s'est parlé. J'ai l'impression qu'il attend une forme d'assentiment de ma part.

– Oui… ?

Subitement, je me demande pourquoi, si cet événement est si important, il ne m'en a jamais fait part. Et pourquoi il le mentionne justement maintenant.

– C'est rare que j'aborde le sujet. Enfin, à l'époque, je l'ai dit à mes parents et ça les a affolés. Quand je leur ai fait des dessins pour leur expliquer, ils m'ont envoyé direct chez le psy.

Il rit, sauf que ce n'est pas drôle, nous sommes bien d'accord.

Le vacarme du préau s'est tu. Nous nous retrouvons pratiquement seuls, dans un silence pesant.

– Je l'ai raconté à Mona… le professeur Ghali, la physicienne dont je viens de te parler. Et aussi à Ben Kenobi. Je lui ai montré mes dessins. C'est lui qui… enfin, bref…

– Ethan, bref quoi ? Qu'est-ce qui t'est arrivé ?

Je commence à m'impatienter. Je ne vois pas du tout où il veut en venir, ni en quoi ça me concerne, ni quels ennuis je risque de m'attirer. Et pourtant, je ne peux pas résister.

– Rien… mais… l'air est devenu flou juste au-dessus de la rivière. C'est vraiment difficile à décrire, et puis là…

Il me scrute à nouveau.

– Là, quoi ?

Il secoue la tête, l'air las et hésitant.

– Tu ne te rappelles vraiment rien, alors ?

M. Robert appelle deux fois avant le dîner, mais je ne décroche pas. Ça m'énerve. Ce portable lui sert plus qu'à moi, même s'il ne veut pas l'avouer. Parfois, je m'en sors avec une excuse bateau : « Je ne retrouve plus mon chargeur, ma batterie est morte » ou : « Mince ! Je ne l'ai même pas entendu sonner, c'est fou ! » Là, je flirte avec le danger.

Je file chez Katherine juste après manger. Ma mère me lance un regard noir quand je passe la porte. Mais en arrivant, je trouve la porte close, toutes lumières éteintes. Pourtant, Katherine et son père ne sont pas du genre à sortir le soir. Sur le chemin du retour, j'essaie de trouver une explication rassurante. Il n'y a pas de réunion parents-profs ou de forum scientifique ou de conférence sur je ne sais quoi au lycée, ce soir ? Peut-être que si…

J'ai à peine mis un pied dans la maison que ma mère m'annonce :

– M. Robert a téléphoné.

– Je ne retrouve plus mon portable, dis-je d'un ton léger. J'ai dû le laisser dans mon casier.

– N'oublie pas de le rappeler demain, insiste-t-elle.

– Oui, oui.

— Il veut que tu restes dans ta chambre ce soir et que tu rentres directement après les cours demain. Je lui ai promis que tu obéirais. Il veut te parler en personne avant votre prochaine séance.

Je suis déjà au milieu de l'escalier.

— Prenna ?

— Mm ?

— Tout va bien ?

Il faut que je lui raconte quelque chose, sinon elle aura l'impression de ne pas bien faire son boulot.

— Le SDF du parking du supermarché m'a raconté des trucs bizarres, parce qu'il est dingue. M. Robert veut s'assurer qu'il n'y a pas de problème. C'est tout.

Une fois en haut, je laisse tomber mon téléphone par la fenêtre, tout à fait par inadvertance, bien sûr. Après avoir vérifié qu'il ne risque pas de pleuvoir quand même. Il atterrit au milieu des jonquilles que j'ai plantées. Maintenant, je ne sais vraiment plus où il est. Flûte.

Je repense à ce qu'Ethan m'a dit. Je me repasse ses mots en boucle. Pas moyen de fermer l'œil ce soir.

Katherine ne vient pas au lycée le lendemain. Je commence à paniquer. Qu'est-ce que je vais faire ? Je suis à l'agonie. Je me plante à côté de son casier entre chaque cours, espérant me tromper. Espérant qu'elle va arriver. Peut-être qu'elle a juste mal à la gorge ou un truc du genre.

Je déteste rentrer à la maison directement après les cours, surtout quand c'est un ordre. Tout à coup, j'ai une idée : je peux attendre que

M. Robert vienne à moi... ou aller le trouver moi-même.

Lorsque je passe la première fois, il n'est pas à son cabinet. La deuxième fois, oui.
— Prenna, j'essayais justement de te joindre, dit-il en m'ouvrant la porte.
Sans réfléchir, je me laisse tomber sur le canapé comme chaque fois depuis quatre ans.
— Où est passée Katherine Wand ?
Il s'assied et fait rouler sa chaise de bureau grinçante. Il rajuste ses lunettes, il prend tout son temps.
— Katherine a décidé d'aller finir l'année dans un formidable internat du New Hampshire.
Je le toise.
— Katherine a *décidé* ?
— Pas de ce ton-là avec moi, Prenna.
J'inspire profondément.
— Et pourquoi donc a-t-elle pris une telle décision ?
— Pour être honnête, son père et Cynthia l'y ont vivement encouragée, précise-t-il d'un ton neutre. Nous nous sommes dit que vous aviez besoin de vous éloigner un peu l'une de l'autre. Tu la mets dans une situation délicate en abordant avec elle des sujets inappropriés et en exigeant qu'elle n'en parle à personne. Elle t'a été très loyale.
Je traduis au fur et à mesure : ils l'ont interrogée, elle a refusé de leur donner les infos qu'ils voulaient, alors ils l'ont expédiée loin d'ici. Je suis presque sûre que ce n'est pas dans un « formidable internat », mais que c'est l'étape avant de

lui faire vraiment du mal. Elle est sans doute «en lieu sûr» dans l'un des locaux de la communauté. Tout du moins, je l'espère. Dans le New Hampshire ou ailleurs.

— Katherine n'a rien fait. Pourquoi la punir?

Il se laisse aller sur le dossier de sa chaise, les bras croisés sur son gros ventre. Comme beaucoup d'autres adultes de la communauté, il a un peu trop profité de la nourriture abondante qui est à notre disposition ici.

— Nous ne voyons pas cela comme une punition, Prenna. C'est l'occasion pour elle de se sortir d'une situation difficile et compromettante.

Bla-bla-bla. La question que je me pose, c'est pourquoi ce n'est pas moi qu'ils ont éloignée, hein? Si ça servait leurs intérêts, ils n'hésiteraient pas une seule seconde. Ils sortiraient à ma mère le même discours sur le «formidable internat» du New Hampshire et elle adhérerait aussitôt à leur projet, sans problème.

— J'aimerais maintenant que nous discutions un peu de ton ami Ethan, reprend M. Robert, exactement comme prévu.

— D'accord.

— La conversation que tu as eue avec lui hier soir après les cours.

Je hausse les épaules.

— Quoi?

— Tu sais où il voulait en venir?

Je le regarde dans les yeux. Pour une fois, ça fait du bien de ne pas mentir.

— Pas du tout.

— Tu comprends pourquoi il voulait aborder le sujet avec toi?

Nouveau haussement d'épaules.
– Parce qu'on est en physique ensemble ?

Je fixe le bol de bonbons sur sa table basse. Autrefois, j'en mangeais des poignées. Avant la pneumonie. Je n'y ai pas retouché depuis.

C'est alors que je réalise pourquoi ils me laissent encore un peu vadrouiller librement. Parce qu'ils veulent voir ce que je pourrais découvrir.

– Vous vous souvenez du SDF dont on a parlé l'autre jour ? dis-je.

C'est de la provoc', je le sais. Il faudrait que je me taise. J'aimerais pouvoir la fermer...

– Bien sûr...
– Il m'a dit qu'on ne faisait rien pour éviter les épidémies ou améliorer l'avenir du monde. Il dit qu'on se contente de se planquer.

Je cherche à obtenir une réaction, mais il est doué, il se contrôle.

– Et tu es d'accord ?
– Non. Je ne sais pas. Je ne crois pas. Même s'il est fou, c'est possible qu'il soit au courant pour nous ?

– Toi, tu penses que oui ?
– Non, dis-je avec plus de conviction, cette fois. Mais ça m'a fait réfléchir. Est-ce qu'on fait vraiment quelque chose ? Qu'est-ce qu'on est en train de faire ?

Il renverse la tête en arrière, les mains croisées derrière le crâne. J'ai une vue imprenable sur ses aisselles.

– Prenna, fais-moi confiance, nous œuvrons pour le bien de la communauté et du monde. Mais comme tu le sais, nous devons respecter les règles. Quand tu seras un peu plus âgée, si tu prouves que tu es capable de les respecter également, tu pourras participer à notre action.

Je n'écoute pas vraiment tout ce qu'il dit. Quand il commence une phrase par mon prénom, je sais qu'il ment. Et quand il commence une phrase par autre chose, je sais qu'il ment aussi.

– D'accord, monsieur Robert, je comprends.

Tandis qu'il continue à discourir sur l'importance d'avoir confiance en eux, je reste là à fixer les bonbons en me posant la question ultime : comment peut-on changer les choses sans agir ?

M. Robert n'obtiendra rien de moi et je n'obtiendrai rien de lui. Mais s'il me laisse la latitude de recueillir quelques informations, je vais en profiter.

Il regarde l'heure.

– Bien, Prenna. N'oublie pas tes vitamines, prends soin de toi, sois bien sage.

Il termine toujours la séance sur ce genre de conseil.

Il se lève, je me lève. Je le dévisage, sourcils froncés.

– Vous devriez faire revenir Katherine et m'éloigner moi, à la place.

Il desserre sa cravate trèfles à quatre feuilles. Il m'a assez vue.

– Ne me tente pas, Prenna.

Je sors mon portable des jonquilles et file au parc alors que le jour commence à tomber. Je marque un temps d'arrêt au moment où les réverbères s'allument, tous en même temps. Puis je repars vers la table de pique-nique où le vieil homme s'installe souvent avec son chariot, ses canettes et ses plumes de paon, mais il n'y est pas.

Je m'assieds sur le banc pour consulter mon téléphone. Un appel manqué d'un numéro inconnu, et trois messages de M. Robert. Je les efface sans même les écouter. En pure perte, j'essaie d'appeler Katherine ; aucun espoir qu'elle décroche, je suis sûre qu'elle a changé de numéro, si tant est qu'elle ait un portable. J'entends sa voix douce sur sa boîte vocale. Je rappelle pour l'entendre encore, et je me mets à pleurer. Étendue sur la table de pique-nique, je regarde les feuilles se découper comme une dentelle noire sur le ciel sombre.

Je pense à Aaron Green. Il a essayé pourtant. Vraiment.

Je ne veux pas finir comme ça. Nous ne sommes pas libres du tout, mais au moins je peux me balader au soleil, faire pousser des fleurs, manger des framboises et me baigner de temps en temps dans l'océan.

Pas question que Katherine finisse comme lui. Je ne les laisserai pas faire. S'il le faut, je ne lui dirai plus rien, jamais, jamais, du moment qu'elle rentre à la maison.

CHAPITRE 8

— Assure-toi d'avoir tes écouteurs dans les oreilles avant d'aller plus loin…

Le numéro inconnu s'est à nouveau affiché sur mon téléphone alors que j'étais dans la cuisine. J'ai filé dans ma chambre avant d'écouter le message. Je mets la voix du vieil homme sur pause, le cœur battant à tout rompre. Je passe la tête dans le couloir pour vérifier que ma mère est bien en bas. Puis je ferme délicatement la porte et j'enfonce les écouteurs dans mes oreilles. Il sait ce qu'il fait, visiblement. Assise sur mon lit, je reprends la lecture du message.

— J'espère que je ne t'ai pas fait peur. Je comprends que tu aies du mal à me croire. C'est normal. Mais si tu réfléchis un peu, ta raison saura sans doute te convaincre. Vous n'êtes pas les seuls à avoir emprunté ce passage dans le temps. Je suis venu seul, vingt-quatre ans après vous, mais je suis arrivé au même endroit, au même moment. Je sais ce que tu as enduré. Je l'ai vécu aussi, en pire. Je sais que Katherine est partie, Prenna, et que tu dois te sentir très seule. Je t'encourage à te confier à Ethan, à lui dire la vérité. Il en sait déjà plus que tu n'imagines. En attendant, j'aimerais te donner quelque chose... au cas où. Viens me voir dès que tu pourras. Et... enlève ces lunettes qu'ils te forcent à porter, arrête de prendre leurs comprimés, et jette-moi tout ça à la poubelle, Prenna.

Comment peut-il me demander de faire une chose pareille ? Il n'est pas au courant de nos règles, alors ? Il ne se rend pas compte que ma communauté, ma vie passée et actuelle sont en jeu ? Ce n'est pas comme si j'avais une autre vie en réserve.

Je me repasse le message deux fois avant de l'effacer. Sa voix me trouble. J'essaie de la replacer dans mon ancienne vie et, en même temps, ça m'effraie. C'était il y a si longtemps, l'ambiance était tellement différente. Je n'arrive pas à faire coïncider mes souvenirs avec mon existence d'aujourd'hui. C'est comme si ces deux expériences se déroulaient dans des langues différentes et qu'il n'y avait aucun moyen de passer de l'une à l'autre, aucune traduction possible.

Et puis, j'ai toujours cet espoir irrationnel qui me torture depuis que nous sommes arrivés ici, qui m'a poussée à chercher encore et encore, qui m'a fait suivre un étranger en veste écossaise. J'ai abandonné tant de fois. Je ne suis pas sûre de pouvoir essayer à nouveau. Et si... ?

Il m'a conseillé d'avouer la vérité à Ethan. J'essaie d'imaginer comment je pourrais formuler les choses. Les mots que j'emploierais. « Ethan, je viens du futur. »

Je ne m'en sens pas capable. Même si M. Robert m'appelait pour m'en donner l'ordre, je ne suis pas certaine que je pourrais. Ce serait comme si je faisais pipi dans ma culotte au beau milieu du préau du lycée. Ça va tellement à l'encontre de tout ce qu'on m'a inculqué que je ne crois pas être en mesure de le faire, physiquement.

Et comment pourrais-je jeter mes lunettes et mes comprimés ? Il veut ma mort ou quoi ? Si c'est le cas, il y a des moyens plus faciles et rapides de me supprimer. Et si je fais ce qu'il me dit, je vais les mettre en branle.

Comment lui faire confiance ? Qui ferait confiance à un SDF qui collectionne les boîtes de conserves et chante de l'opéra tout seul ? Franchement ?

Mais c'est la façon dont il a prononcé mon prénom. Et si... ?

Il a dit de me fier à ma raison. Eh bien, ma raison me dicte de ne pas faire ce qu'il me dit.

Je ne le ferai pas.

En attendant, je vais le rappeler. Je tombe sur un message impersonnel, préenregistré. Je tape du pied en attendant le bip.

– Je dois suivre certaines règles. Je ne survivrai pas si je les enfreins.

Après le dîner, je vois que j'ai reçu un nouveau message de ce numéro. Je m'enferme dans mon placard avec mes écouteurs.

– Le temps a ses règles, Prenna. Je ne le nie pas. Et on ne peut y échapper, même si on essaie. Tu l'apprendras peut-être à tes dépens. La plupart des règles qu'on t'a inculquées n'ont qu'un seul but : te dominer, te contrôler. Mais pas toutes. Il faut donc être prudent. Nous sommes des intrus ici, nous devons rester humbles et prudents. Nous pouvons causer des dégâts terribles – peut-être l'avons-nous déjà fait. Chacun de nos actes a une multitude de conséquences. Certaines bonnes, j'espère. Mais il ne faut pas perturber plus que le strict nécessaire l'ordre temporel. J'aimerais que tu puisses obtenir tout ce que tu veux dans cette vie, Prenna, mais je crains qu'il n'y ait des limites à ce que nous pouvons attendre de l'existence.

Je raccroche. Je fixe mon portable. Aussitôt me vient cette pensée : Et si ?

Puis me vient une autre pensée : Qu'est-ce que c'est que cette histoire ?

Au bout d'un instant, une troisième pensée me pousse à me lever. J'ouvre la fenêtre et je jette mon téléphone dans les jonquilles.

Juin 2012

Cher Julius,

J'ai mangé une mangue. Un gros fruit orange et poisseux, à la fois acide et sucré, à la chair fibreuse, avec un gros noyau plat au milieu. C'est tellement bon. Encore meilleur que l'ananas. Même si on me disait que c'est du poison, je me jetterais dessus voracement.

Je me dis que quand arrivera l'année de ta naissance, on aura tout arrangé, si bien qu'il y aura encore des mangues dans ce monde. Je t'imagine en train de mordre dedans, Julius. Et ça vaut tous les sacrifices.

Bisous,
Prenna

CHAPITRE 9

En cours, je ne tiens pas en place. J'ai hâte que la cloche sonne pour foncer là où j'ai envie d'aller et poser la question qui me démange.

Ethan essaie de s'approcher de moi, mais je l'évite. Au début du cours de maths, il pose un cadeau sur ma table. Je jette un coup d'œil vers la porte. M. Fasanelli est en retard, pas moyen de me défiler. Le paquet est tellement mal emballé que je suis sûre qu'Ethan l'a fait lui-même.

– Faut que je l'ouvre tout de suite ? je demande.
– Bien sûr.
– Joli papier.

Il hausse les épaules et se demande si je plaisante.

– J'ai mis trop de Scotch.

C'est un jeu de cartes tout neuf, encore sous Cellophane. Elles sont lourdes dans ma paume, j'admire le motif de nénuphar au dos.

– Merci.

Il hoche la tête. Je vois bien qu'il essaie de me faire passer un message. Du genre : « Je joue le jeu. Je vais t'apprendre sans poser de questions. »

Je me rends alors compte que, là, on ne peut plus revenir en arrière. Quand on s'ouvre à quelqu'un, quand on ressent ce genre de choses, alors... qu'est-ce qui se passe ? On peut essayer de l'ignorer, on peut essayer de l'oublier, mais on ne peut pas revenir en arrière.

« Vous êtes... ? »
« Tu es... ? »
« Est-ce que vous... ? »
« Est-ce que tu... ? »
« Est-ce que je... ? »
C'est une question difficile à formuler. Pourtant je dois la lui poser. Mille et une autres questions en découleront naturellement. Mais c'est la première la plus dure.

Je marche, perdue dans mes pensées, quand je m'aperçois qu'Ethan me court après.
– Pourquoi tu me suis ?
– Je peux te parler une minute ?
– On parlera plus tard.
– Non, maintenant. C'est important.

Il n'a pas l'air de se formaliser que je m'éloigne à pas pressés.
– Plus tard.
– Maintenant.
– Je ne peux pas, maintenant.

Mais je m'arrête quand même. Je ne peux pas l'ignorer. Je ne veux pas le blesser.
– Prenna, je sais qu'il y a beaucoup de sujets que tu ne veux pas aborder, par exemple d'où tu viens. Tu crois peut-être que tu ne peux pas me le dire. Je comprends. Tu n'es pas obligée, mais le truc...

Je me remets en marche. Je ne peux pas me permettre de me détruire. Pas tout de suite.

– Le truc…

Je tourne au coin de la rue, je cours presque.

– Le truc, c'est que je le sais déjà.

Quand je lui lance un regard, ses yeux me supplient de lui parler.

« Si l'un des natifs du temps présent apprenait la vérité à notre sujet – qui qu'il soit ! –, même le plus gentil, le plus digne de confiance, il nous détruirait. Il dirait qu'ils veulent nous aider, mais c'est faux. Ils nous détruiraient jusqu'au dernier. »

Voilà le discours que m'ont répété ma mère, M. Robert, mes amis, tous ceux qui m'entourent.

Je commence à ralentir. J'ignore combien de temps je vais pouvoir continuer ainsi.

– Comment ça? je demande.

– Parce que Ben Kenobi me l'a dit il y a quelques jours. Il a dit…

Je me tourne face à lui.

– Tu n'as pas remarqué qu'il est dingue?

– J'ai beaucoup discuté avec lui. Je ne pense pas qu'il soit dingue.

– Vraiment?

Je joue la comédie et je ne suis pas très douée.

– Vraiment.

– Et qu'est-ce qu'il t'a dit, alors?

J'essaie d'adopter un ton détaché et sarcastique, mais ça sonne faux.

Ethan se méfie. Il me dévisage puis, à ma grande surprise, il tend la main et m'ôte mes lunettes pour les glisser dans la poche arrière de son jean. Lorsqu'il reprend la parole, c'est à voix basse :

– Il m'a dit que tu n'étais pas d'ici.

Il parle si lentement que j'entends ma respiration précipitée entre chacun de ses mots.

– Que tu venais d'une autre époque.

Je le fixe, bouche bée. Je me ratatine comme si j'avais pris une enclume sur la tête. Je suis tellement abasourdie que je ne sais plus quoi faire. Il faut que je prenne l'air outrée par l'absurdité de ses propos. Il faut que je m'indigne.

– Et tu le crois parce qu'un vieux SDF qui collectionne les plumes de paon te l'a dit?

Je désigne sa poche arrière.

– Et il t'a aussi dit qu'ils nous espionnent à travers nos lunettes?

Ethan ne répond pas. Une frénésie soudaine me saisit, un besoin irrépressible de remplir le vide de mots.

– Si c'est Ben Kenobi, alors tu es Luke Skywalker, c'est ça? Et je suis censée être la princesse Leia? Ou bien tu me vois plutôt comme l'un des clients bizarres de la taverne extraterrestre?

J'essaie d'être drôle, mais ça ne fait rire personne.

Ethan paraît blessé. Il mérite ma franchise et je la lui refuse. Je suis en terrain hautement glissant, il faut que je sois prudente.

– Si tu me dis que c'est faux, alors je te croirai, reprend-il, si bas que je l'entends à peine.

Il me regarde dans les yeux. Il voit toujours plus qu'il ne devrait.

Voilà l'occasion de faire ce qu'on m'a enseigné, jour après jour : mentir, et mentir bien. Mais je suis sans voix, au bord des larmes. Quelle grosse nulle. Incapable de débiter les mensonges soigneusement répétés. Je reste plantée là, comme une idiote.

– Oh, Prenna…, soupire-t-il en voyant mes yeux brillants.

Je sais qu'il ne me veut aucun mal. Quoi qu'ils en disent.

Face à n'importe qui d'autre au monde, je pourrais mentir sans aucun problème. Je mentirais en vers à M. Robert, à Jeffrey Boland ou même à ma mère. Je pourrais mentir en alexandrins à Mlle Cynthia ou à Mme Crew. Mais quand je vois son visage, je suis incapable de mentir à Ethan.

Il tend la main vers moi, mais je m'essuie les joues et m'empresse de détourner la tête en marmonnant :

– Faut que j'y aille.

– On n'a pas beaucoup de temps, me lance-t-il tandis que je m'éloigne.

J'ai à peine parcouru cent mètres que je m'aperçois que ce ne sont pas les larmes qui m'aveuglent. Je suis partie sans mes lunettes et je ne peux pas faire demi-tour. Je suis trop fière, trop effrayée, trop déterminée et, comme les conseillers aiment à me le rappeler, trop bête.

J'attends le vieil homme dans le parc. Je pensais le trouver là parce que c'est plus calme, plus intime que le parking du supermarché. Je ne vois pas où il pourrait aller sinon. Je fais le tour du parc deux fois, dans le flou, avant de m'installer à une table de pique-nique, à côté de sa clairière préférée.

Ça me laisse le temps de réfléchir à sa vie, aux endroits qu'il fréquente, aux choses qu'il transporte. Je me repasse ce qu'il m'a dit et, petit à petit, je me surprends à imaginer que tout ne soit pas complètement faux. J'examine chaque hypothèse, comme si j'essayais différentes variables pour résoudre une équation particulièrement complexe, voir si ça se tient.

La vérité a une force unique. Contrairement au mensonge, elle se consolide avec le temps, et possède le pouvoir de lier les uns aux autres des sentiments et des idées disparates, ce dont nul mensonge ne serait capable. Plus je repense à ce qu'il m'a dit, plus j'y décèle la puissance de la vérité.

Moins il me semble fou, plus je prends conscience du tragique de sa situation.

Quant à ce *Et si…* Je ne peux pas creuser ce *Et si…* parce que la moindre petite avancée m'emplit d'espoir et de crainte, entraînant irrémédiablement une immense vague de tristesse.

Je me pose assez longtemps pour penser également à Ethan. Qu'est-ce que je dois faire ? C'est un péché inimaginable de révéler notre secret à un étranger. Mais puisqu'il le connaît déjà…

Deux heures se sont écoulées, il commence à faire sombre. J'étais perchée dans une position si inconfortable que j'ai les deux pieds engourdis. Il est temps de me secouer et de me remettre en route. Je vais aller voir sur le parking. J'y ai déjà déposé des choses pour lui. Peut-être m'attend-il là-bas.

Je ne vois pas plus loin que le bout de mon nez. Au sens littéral comme au sens figuré. Je ne peux pas rentrer à la maison, affronter ma mère et M. Robert. Ma seule obsession, c'est de retrouver Ben Kenobi, savoir ce qu'il veut me donner et lui poser toutes mes questions.

Je scrute le parking mètre carré par mètre carré. Aucun signe de lui, je contourne donc le bâtiment. Il n'y a déjà presque plus de voitures devant le supermarché, même aux meilleures places, le côté et l'arrière seront sans doute déserts.

Soudain, j'entends quelque chose. Un bruit guttural qui m'effraie. Un bruit sinistre, qui vient du fond du parking. Je l'entends à nouveau, suivi d'un cri inarticulé.

Je cours. Les bras tendus devant moi, je laisse mon ouïe me guider plus que ma vue. Je cours vers ce bruit. Il n'y a pas beaucoup de lumière, je distingue des formes, des ombres qui bougent. Des cris.

– Qui va là ?

En approchant, je vois une silhouette penchée en avant. C'est un homme, j'en suis presque sûre, pas grand, mais costaud. Je devine les contours d'une casquette de base-ball sur sa tête. Il se fige et se retourne un instant. M'a-t-il vue ? Je pense que oui parce qu'il se redresse aussitôt, traverse le parking en courant et disparaît de l'autre côté du bâtiment. Si je n'avais pas d'aussi mauvais yeux, si c'était mieux éclairé, j'aurais pu voir son visage.

Je repère une autre silhouette, celle d'un chariot, et une autre encore, plus sombre, à terre. Je m'agenouille pour la tâter. J'entends gémir. Je sens sous mes doigts que c'est humide sur son torse. Je sais que c'est du sang. Je sais qui c'est.

J'attire le vieil homme contre moi. Je me penche pour voir son visage. Il a du mal à respirer, il se noie dans son sang. Il a la gorge tranchée. Et Dieu sait quoi d'autre.

– Prenna…

Il lève les yeux vers moi. Et c'est bien lui. Évidemment. Je pose ma joue contre la sienne.

– C'est moi.

Je retrouve son regard, net et clair, même s'il a du mal à parler.

– Tu sais…

Je ne veux pas qu'il gaspille ses forces.

– Je sais.

– Je ne voulais pas… t'entraîner là-dedans…

Je le serre dans mes bras.

– C'est bon. Je comprends. Je crois que je comprends maintenant.

Il ferme les yeux, puis les rouvre aussitôt. Je lui murmure à l'oreille :

– Je vais m'en occuper. Je m'en charge.

Je sais que ça va le rassurer. Je sens son corps se détendre dans mes bras. Je ne sais pas exactement dans quoi je me suis engagée, mais je suis sincère.

Ses yeux se ferment à nouveau. J'entends son dernier souffle lui échapper, sa chaleur se dissoudre dans les airs.

Des pas approchent dans mon dos, mais je ne peux pas bouger. Je ne peux pas le laisser. Peu importe ce qu'il adviendra de moi.

– Oh, non…

Je lève la tête en reconnaissant la voix d'Ethan. Sa main sur mon épaule.

– Oh, Prenna…

Je ne peux pas laisser le vieil homme.
– Il est mort ?
– À l'instant... oui.
– Tu as vu ce qui s'est passé ?

J'ai du mal à contrôler ma voix. Je m'étrangle sur les mots comme si j'avais la gorge tranchée, moi aussi.

– Je suis arrivée à la fin. Je n'ai pas vu qui c'était. Il a pris la fuite.

Il me serre dans ses bras.

– Il ne faut pas rester là, me dit-il doucement. On doit y aller.

– Je ne peux pas.

– Si, il le faut.

Il me lâche pour inspecter le chariot. Il fouille à l'intérieur, en tire une enveloppe qu'il glisse sous son blouson. Puis il revient auprès de moi pour m'aider à allonger le vieil homme. Ensuite, il me prend la main pour me relever. J'entends sangloter. Je suppose que c'est moi.

Je ne résiste pas. Je me laisse porter comme un bébé. Il me dépose dans sa voiture, ferme la portière. Il quitte le parking, scrutant les trottoirs. Il s'arrête finalement devant une cabine téléphonique. Je devine qu'il appelle les secours.

De retour dans la voiture, il file sur l'autoroute pendant quelques kilomètres, puis sort pour prendre des routes de plus en plus petites. Enfin, il s'arrête dans une ruelle isolée. Il coupe le moteur avant de se tourner vers moi. Il m'attire contre lui, me prend sur ses genoux, m'enlace. Il me caresse les cheveux et sèche mes larmes. Nous restons un long moment comme ça.

CHAPITRE 10

— Tu as compris, non ? me dit-il quand j'ai fini de pleurer.

Je me suis rassise à ma place, mais il me tient toujours les mains. Au milieu du fouillis de mes pensées plane la sourde angoisse de lui faire du mal en me tenant si près de lui. Et tout ce sang, sur moi, mes mains, mon pull. Sur lui aussi. Ça n'a pas l'air de l'effrayer. Ça ne m'effraie pas non plus. J'ai déjà vu la mort de près. J'ai vu beaucoup de sang. J'ai vu des suicides, j'ai même vu des meurtres. Ce qui me bouleverse, c'est de savoir à qui il appartient, ce sang. Et je le sais, même si j'ai du mal à faire coïncider l'image de mon Poppy avec celle de ce vieil homme.

Je hoche la tête. Ça veut dire qu'il a compris aussi.

— Je suis désolé.

— Pour nous deux, je complète.

— Pour nous deux.

— J'aurais aimé pouvoir lui parler... en sachant qui il était.

Cela semble tellement injuste d'apprendre que son père est en vie juste au moment où il meurt.

— Lui aussi, il aurait aimé.

J'essaie de prendre les choses une à une. C'est trop d'un coup. Je frôle la surchauffe. Parfois, je me dis que notre esprit a un système immunitaire, comme notre corps, mais il faut lui laisser le temps de se mettre en route.

— Ça fait longtemps que tu le sais ?
— Non, deux ou trois semaines.
— Tu as essayé de me le dire.
— J'avais beaucoup de choses à te dire, mais je ne savais pas comment m'y prendre. C'était beaucoup pour une seule personne. En plus, je sais que tu n'es pas censée me parler. Pas vraiment, en tout cas.

Je hoche la tête. Je sens encore la joue du vieil homme contre la mienne.

— Je crois que, sur la fin, on avait compris tous les deux.
— Tant mieux. Et tant mieux que tu aies été là.
— Je regrette de ne pas l'avoir trouvé plus tôt...

Un détail me revient.

— Et toi, qu'est-ce qui t'a fait venir ?
— Il m'a appelé deux fois. La seconde, j'ai juste entendu des cris. J'ai tout de suite su que quelque chose clochait.
— À ton avis, il savait ce qui allait arriver ?
— Sûrement. Il pensait avoir encore quelques jours devant lui, mais il sentait qu'on l'espionnait. J'étais inquiet. J'étais inquiet pour vous deux.

Je ne peux plus faire semblant. Je ne lui ai pas dit la vérité, mais je n'ai pas nié non plus. J'ignore ce qu'il sait vraiment.

Le plus bizarre, c'est que je croyais lui cacher des choses, alors qu'il a l'air d'en savoir plus que moi. Il est plein de certitudes tandis que je ne suis plus sûre de rien. Je m'emmêle entre ce qui était censé être vrai et ce qui est vraiment vrai. L'écart se creuse si vite.

Je murmure :

— Ils vont se lancer à ma recherche, tu sais.

Il acquiesce.

— Où sont mes lunettes ?

— Je les ai mises dans le coffre de la voiture de mon père avant qu'il parte jouer au squash à Spring Valley. J'espère que ça brouillera un peu les pistes.

Je souris intérieurement en imaginant la scène.

— Donc tu penses qu'ils ne peuvent pas nous voir ni nous entendre en ce moment ? Selon toi, tout passe par les lunettes ?

— Kenobi...

Il s'interrompt, hésitant sur le nom.

— Tu peux l'appeler Kenobi, dis-je.

Je suis trop perturbée, trop bouleversée pour prononcer son vrai nom.

— C'est ce qu'il pensait.

Je pose la main sur une tache de sang séché, au niveau de mon genou.

— Je m'en doutais depuis longtemps. C'est logique. On est tous aveugles et sans défense, dès qu'on enlève ces lunettes.

— Ça n'a rien d'obligatoire.

— Comment ça ?

— Il m'a dit qu'ils vous faisaient prendre des « vitamines ». Soi-disant pour renforcer vos défenses immunitaires, alors qu'en réalité, ça vous brouille la vue et ça vous empêche d'avoir des enfants. Il pense... il pensait que si tu arrêtais les comprimés, ta vue reviendrait.

Comment pourrais-je le croire ?

J'ôte mes mains des siennes. Ma mère travaille dans la clinique qui nous fournit ces médicaments. Elle ne les aurait jamais laissés faire ça. Une nouvelle version de ma vie se transforme, se remodèle derrière moi.

– Et ton téléphone ?

– Je l'ai jeté par la fenêtre.

Je secoue la tête, m'efforçant de rassembler mes idées.

– Mais... Ethan, et s'il se trompe pour les comprimés ?

– Tu en as sur toi ?

– Non.

– Alors espérons qu'il ait raison.

– Pourquoi tu dis ça ?

– Parce qu'on ne peut pas retourner en chercher. Nous n'avons que trois jours devant nous. Il faut foncer.

Je le dévisage. Les larmes me montent à nouveau aux yeux.

– Tu crois vraiment que c'est aussi facile ? Que je peux partir comme ça ?

– Pour quelques jours, oui. C'est en tout cas ce que pensait Kenobi. Il a dit qu'ils te tueraient s'ils n'avaient pas le choix, mais je ne les laisserai pas faire. Selon lui, leur pouvoir a ses limites. Ils sont omnipotents dans ton monde, pas dans le mien. Nous n'avons besoin que de quelques jours. Après, je leur parlerai, si tu veux.

Je le fixe, abasourdie. J'entends Mlle Cynthia me crier de fermer la bouche et de prendre l'air moins bête.

– Tu n'y connais rien de rien.
– Peut-être. On verra.
– Tu crois vraiment tout ce qu'il t'a dit ?
– Oui.
– Pourquoi ?
– Parce que j'ai vu des choses bizarres dans ma vie.

Il plonge ses yeux dans les miens.
– Des choses insensées, auxquelles j'ai néanmoins assisté. Ce qu'il m'a dit explique ce que j'ai vu.
– Peut-être que vous êtes tous les deux dingues.

Il hausse les épaules. Visiblement, il s'en moque.
– Peut-être. On verra la semaine prochaine. Pour le moment, je m'en tiens à ce qu'il m'a dit. Durant quelques jours en tout cas.
– Jusqu'au 17 mai, c'est ça ?

Pour la première fois, je vois un certain soulagement se peindre sur son visage. Il soupire :
– Oui, jusqu'au 17 mai.

Nous nous taisons un instant.
– Tu ne peux pas imaginer le temps que j'ai passé à essayer de comprendre ces chiffres, me confie-t-il.

La façon dont il me regarde me fait tourner la tête.
– Depuis qu'il t'en a parlé ?
– Non, bien avant. Ces chiffres, je les avais lus sur ton bras.

Je ferme les yeux.
– Quand ça ?

Il se penche vers moi. Déplie mon bras gauche,

remonte ma manche et effleure ma peau du bout des doigts à l'endroit où ils étaient inscrits.

Je frissonne. Ma peau n'a pas oublié la douleur d'être frottée au sang.

— Je t'ai vue, il y a quatre ans. Au moment où tu es arrivée, je crois. On aurait dit la fille du poème de Robert Burns : trempée et maculée de boue, à travers le seigle[1]. J'avais quatorze ans, c'était la première fois que je pêchais tout seul dans la Haverstraw. Tout à coup, au-dessus de l'eau, l'air s'est brouillé. Je n'avais jamais vu un truc pareil. D'après Kenobi, c'était la sortie du passage temporel. Celui par lequel vous êtes tous arrivés.

Je tremble de la tête aux pieds.

— Je ne m'en souviens pas.

— Je sais. J'ai bien compris. Tu étais dans un sale état. Frigorifiée, toute seule, avec ces chiffres gribouillés sur le bras. J'ai voulu t'aider. Je t'ai donné mon sweat…

J'ai le vertige. Je flotte. Je n'arrive plus à respirer.

— C'était toi.

« *Bien sûr.* » C'est évident, maintenant. « *Bien sûr.* »

— Tout autour de toi, l'air vibrait, c'était vraiment bizarre. Tu avais peur, tu refusais de me parler. Je t'ai montré le pont, un peu plus loin sur la rivière, parce que tu pensais que tu devais aller par là.

— Je ne me rappelle rien. Rien du tout, je murmure.

---

1 NdT : référence au poème *Comin' Through the Rye*, cité dans le roman *The Catcher in the Rye* (*L'Attrape-cœurs*) de J. D. Salinger, et qui permet d'expliquer son titre.

À nouveau, j'ai l'impression que le monde se transforme et se remodèle derrière moi.

– Tu as vu d'autres gens, à part moi ?

– Non, ils ont dû arriver dans les bois, un peu plus loin. Je n'ai vu que toi.

Je ne distingue pas assez bien son visage pour déchiffrer son expression, cependant je sens qu'il pèse ses mots.

– Mais… je les reconnais, les gens qui sont venus avec toi. Certains plus facilement que d'autres.

– Comment ça ?

– Je reconnais les voyageurs. C'est difficile à décrire. Comme si l'air bougeait légèrement autour de vous. Un peu comme le jour de ton arrivée, en plus subtil.

– Et là, en ce moment ?

– Autour de toi, je le remarque à peine. Presque plus. Davantage autour de certains autres, les plus vieux, surtout. C'était très marqué autour de Kenobi.

– Et il y a d'autres gens qui le voient ?

– Je n'en ai pas rencontré. Enfin, faut dire que je n'en parle pas beaucoup. D'après Kenobi, c'est très rare, mais certaines personnes sont plus sensibles au courant temporel. Peut-être parce que j'étais présent au moment où le passage s'est ouvert. Certains effets du courant temporel sont toujours présents, mais la plupart des gens ne le remarquent pas. Selon lui, c'est comme l'expérience de psycho de YouTube. Avec les gars qui jouent au basket, tu l'as vue ?

Je secoue la tête.

– Il y a deux équipes de basket, une en shorts

noirs, l'autre blancs. Tu es censé compter le nombre de fois où les joueurs en blanc lancent la balle aux noirs et vice versa. À la fin, on te donne la réponse, puis on te demande : « Et le gorille, vous l'avez vu ? »

— Le gorille ?

— Oui, la majorité des gens sont tellement occupés à compter les passes qu'ils ne remarquent même pas le type déguisé en gorille qui vient se planter au milieu du terrain.

Je m'approche pour lui prendre la main.

— Toi, tu as vu le gorille.

— Ouais, j'imagine.

Il parle d'une voix lasse. Pour la première fois, elle est chargée de tristesse.

Il fouille dans son blouson et me tend l'enveloppe qu'il a prise dans le chariot du vieil homme.

— C'est ce qu'il voulait me donner ?

— Il m'a dit qu'il avait quelque chose pour toi et que si, pour une raison ou une autre, il ne pouvait te le remettre en personne, je devrais le prendre et te le donner. Heureusement que tu as surpris le tueur avant qu'il ait le temps de fouiller.

Il a raison.

— Tu ne l'ouvres pas ? s'enquiert-il alors que je tourne et retourne l'enveloppe dans mes mains.

Je la tâte, je la secoue, comme un cadeau de Noël. Il y a une lettre à l'intérieur. Et une clé qui cliquette dans le fond. C'est ça qu'il voulait absolument me donner.

Ethan remet le contact pour allumer le plafonnier de la voiture.

— Tu es prête ?

— Il va falloir que tu me fasses la lecture.

En plus de la clé et de la lettre, il y a un papier portant une adresse, enroulé autour d'une carte magnétique. Ethan la déchiffre :

Sécurité Stockage
200 139ᵉ rue Est
Bronx, New York 10451

Alors voilà à quoi sert la clé.
Je déplie la lettre, plissant les yeux pour tenter de la déchiffrer. Je reconnais son écriture. Je reconnais sa signature en bas. J'ai beau être à moitié aveugle, ça me bouleverse. Je ferme les yeux.
– Vas-y. Lis.

Prenna, ma chérie,

Si tu lis cette lettre, c'est que mes pires craintes se sont réalisées. Je suis suivi depuis un moment. Je sais que ma vie est menacée. Je ne t'aurais pas contactée si j'avais pu faire autrement. Ça me répugne de te mettre en danger mais, comme je le disais, si tu lis cette lettre, c'est que j'ai besoin de ton aide.

Je suis ton père, tu es ma fille. Peut-être es-tu déjà au courant.

J'ai affreusement changé. J'ai vieilli de près de vingt-quatre ans, alors que les autres voyageurs et toi, vous n'avez pris que quatre ans. Je suis resté bien plus longtemps dans notre monde inhospitalier avant de pouvoir vous rejoindre.

Je sais qu'ils t'ont raconté que j'avais renoncé à immigrer, mais c'est faux. Jamais de mon plein gré je ne vous aurais abandonnées, ta mère et toi. J'étais en désaccord avec certains dirigeants sur l'objectif de notre entreprise. Comme nous tous, je connais les règles et je suis conscient du risque inhérent à des changements incontrôlés, mais certains changements – peut-être même un seul – doivent être opérés. Sinon, nous savons comment cela finira. Je n'étais pas le seul à le penser, mais j'imagine que j'étais le plus virulent. En tout cas, je suis le seul qu'ils ont laissé sur place. Les autres, y compris ta mère, sont partis, mais ils les ont privés de tout pouvoir, de tout droit de regard sur la gestion de la communauté.

En lisant ces mots, tu dois te demander pourquoi j'ai mené une telle existence. Je ne suis pas sûr de pouvoir te le faire comprendre. Si j'ai vécu dans la rue et dans le parc, ce n'est pas parce que je n'avais pas d'argent ou de toit, mais parce que mon chariot, mon duvet, mes plumes de paon m'offraient une certaine protection. Jusqu'à récemment, j'ai vécu hors du champ de la société ordinaire. J'ai pu rester à proximité de ta mère et de toi, veiller sur vous sans craindre d'être reconnu ou pris au sérieux par quiconque. J'avais donc toute liberté de poursuivre mon objectif : repérer la bifurcation et intervenir.

Pour être honnête, il y a également une autre raison. Durant mes deux premières années ici, j'ai vécu dans un appartement, à deux rues de chez vous. J'étais au chaud l'hiver et au frais l'été, j'avais tout le confort moderne et une télé avec un panel extraordinaire de chaînes. Mais ça a fini par me dégoûter. J'ai vécu trop longtemps dans la désolation pour me réinsérer complètement dans une société civilisée. Et je craignais également, si je baissais la garde, de devenir aussi égoïste, corrompu et satisfait de mon train-train que les autres voyageurs. Dormir à la belle étoile me rappelle tous les soirs d'où je viens et ce qui doit être accompli.

En opérant un changement, nous ouvrons la voie à un nouveau futur, mais nous perdons notre prescience, ainsi que le pouvoir qu'elle nous confère. Or les dirigeants de votre immigration ne sont pas prêts à abandonner ce privilège. Ils profitent de cette boucle temporelle contre nature. Ils veulent rester cachés ici, bien au chaud, aussi longtemps que possible. Ils perdront tout, à moins de conserver intact ce monde à l'agonie. Ainsi, sous couvert de prudence, ils prêchent la passivité. Mais ce n'est que de la lâcheté. Leur prescience, notre prescience est dangereuse et imméritée. Essayons au moins de l'employer à bon escient.

*Ton père qui t'aime,
Jonathan Santander (Poppy)*

CHAPITRE 11

Ethan voudrait filer directement au box de stockage dans le Bronx, mais il faut que je passe à la maison d'abord.

— Juste cinq minutes, je le supplie. Pour me doucher et me changer. Je ne vais pas me balader dans cet état, quand même. Et puis je veux parler à ma mère avant qu'on disparaisse. Je ne peux pas lui faire ça.

— Ce n'est pas une bonne idée, affirme-t-il.

— Je ne resterai pas assez longtemps pour qu'ils puissent m'attraper. Je t'assure. Avec un peu de chance, ils sont en train d'arpenter les courts de squash de Spring Valley.

Le plus urgent, pour moi, c'est ma mère. J'ai tellement hâte de lui raconter ce qui est arrivé à Poppy et ce que j'ai appris. Je veux la mettre au courant. Et il faut que je lui dise, pour les comprimés.

Finalement, Ethan accepte de me déposer devant chez moi et de m'attendre au coin de la rue. Je promets de revenir dans dix minutes maximum. Il m'enlace. Je sens ses lèvres effleurer mon oreille.

— À tout de suite, je murmure.

— D'accord.

– Ça va aller, dis-je comme pour m'en convaincre.

J'ai du mal à me séparer de lui.

La maison est plongée dans l'obscurité lorsque je pousse la porte. J'ai peur que ma mère ne soit pas là, mais si. Je ne vois pas bien son visage, cependant toute son allure trahit son inquiétude lorsqu'elle vient vers moi.

– Prenna !

Elle pousse un cri perçant.

Même dans la pénombre, elle distingue les taches de sang sur mes vêtements.

– Ça va ? Que t'est-il arrivé ?

Je me jette à son cou, ce qui est très étrange de ma part. Pourtant elle ne me repousse pas. Elle me serre contre elle. J'ai bien l'impression qu'elle a pleuré.

– Molly, il a toujours été là, dis-je entre deux sanglots. Poppy, il était là. Il est parti après nous, il était plus vieux. Mais il est arrivé au même endroit. Ce soir, quelqu'un l'a tué. J'étais là. Il est mort dans mes bras.

Je suis navrée de la confronter à la même situation déchirante que j'ai vécue en lui apprenant deux nouvelles à la fois : Poppy est vivant, Poppy est mort.

Elle m'étreint toujours, mais elle se raidit. Elle pleure aussi.

– C'est impossible.

– J'ai tellement de choses à te dire…

Je devrais faire plus attention, je le sens bien, seulement je n'arrive pas à me retenir.

– Nous n'avons aucune idée de ce qui se passe, tu sais. Ces comprimés ne nous protègent pas, ils nous rendent aveugles. Ces comprimés que tu…

— C'est faux! crie-t-elle, au désespoir. Qui t'a raconté ça? L'homme qui a prétendu être ton père, c'est ça? Parce que Poppy n'est pas venu avec nous. Il n'y avait personne d'autre à part nous.

Elle me relâche en m'ordonnant :

— Ne dis pas des choses pareilles. Je t'en prie, tais-toi.

— Mais je ne peux pas! On n'a pas beaucoup de temps. Il faut que je me lave, puis je repars… et j'ai tellement de choses à te raconter… Je vais partir quelques jours, tu ne pourras pas me joindre mais je reviendrai, ne t'en fais pas. Poppy pensait que le moment critique…

— Prenna, arrête! hurle-t-elle, terrifiée. Tu ne fais pas confiance aux bonnes personnes.

Soudain, je comprends. Cette urgence dans sa voix. Je devine plus que je ne distingue la présence de deux hommes dans la salle à manger. Ethan avait raison. Je suis stupide.

Je jette un coup d'œil à ma mère. J'évalue la distance qui me sépare de la porte.

— Prenna, nous allons te demander de nous suivre, annonce M. Robert en s'approchant de nous.

Son comparse se poste devant la porte.

À sa silhouette, je reconnais M. Douglas, un autre conseiller. Il doit faire plus d'un mètre quatre-vingts et le double de mon poids. Il a quelque chose à la main, sans doute un bâillon.

Je me retourne vers ma mère.

— Ne les laisse pas faire.

Je ne sais pas pourquoi je dis ça. Je perds la tête. Elle ne peut rien pour moi.

– Obéis, je t'en prie, ma chérie, me supplie-t-elle. Si tu coopères, ils ne te feront pas de mal. Ils me l'ont promis.

Je hausse le ton.

– Ne les laisse pas m'enlever ! On ne peut pas leur faire confiance !

– Calme-toi, Prenna, m'ordonne M. Robert.

Il veut à tout prix éviter l'affrontement. Il ne supporte pas de bousculer son petit monde paisible.

Et si je tentais d'alerter les voisins ? Toisant M. Douglas, je frissonne. À mon avis, il n'a pas les mêmes scrupules que M. Robert.

Je balaie la pièce du regard, paniquée.

– Il faut que je me douche, que je prenne mes affaires.

– Nous avons le nécessaire. Ta mère pourra t'apporter le reste plus tard, affirme mon conseiller.

– Mais je suis dans un état…

– Il y a une douche là où nous allons.

M. Robert me prend par le bras et me guide vers la porte.

– Ne complique pas les choses.

Il est en sueur. Il souffle comme un bœuf. Je le hais.

– Nous vous appellerons demain matin, Molly, pour vous tenir au courant de la suite, lance-t-il à ma mère éplorée en franchissant la porte.

Je me recroqueville à l'arrière de la voiture de M. Douglas, les bras croisés. Ethan ne va sûrement pas tarder à comprendre ce qui s'est passé. J'ai tellement honte.

Va-t-il essayer de nous suivre ? C'est en tout cas ce que suppose M. Douglas, vu les coups d'œil nerveux qu'il jette dans le rétroviseur. Et s'ils l'attirent dans un endroit reculé pour le capturer et l'emprisonner, comme moi ? Jusqu'où oseraient-ils aller ? Les conseillers prennent plaisir à nous martyriser, nous, les voyageurs, mais oseraient-ils toucher à un natif ? Ce serait enfreindre tant de lois…

Soudain, je me demande si les conseillers prennent toutes leurs règles au sérieux. Et les dirigeants ? Y croient-ils vraiment ? Les respectent-ils, même si cela implique de réfréner leurs désirs ? Ou bien ces règles servent-elles juste à nous contrôler ?

Alors que nous filons à travers les rues sombres, j'ai subitement une pensée qui me donne la nausée. Ils ont enlevé Katherine immédiatement alors que, pour moi, ils ont attendu. Peut-être m'ont-ils juste laissée libre assez longtemps pour que je les mène au vieil homme ? Alors, c'est ma faute s'il est mort. Et maintenant, ils n'ont plus besoin de moi.

« Ils la tueront s'ils y sont obligés. » Il savait ce dont ils sont capables. L'ont-ils tué ? « Je suis désolée, Poppy », lui dis-je en pensée.

Je m'allonge, la joue contre le cuir de la banquette. J'ai les genoux repliés sous le menton, en position fœtale. M. Douglas tourne et tourne encore, il n'y a pas un bruit dans l'habitacle. Je devrais essayer de repérer où on va, mais je n'y arrive pas.

Je repense à Ethan qui m'a portée jusqu'à sa voiture, dans ses bras, qui m'a caressé les cheveux. Je ressens un manque, un désir terrible. La séparation crée une douleur physique.

Et si, après tout ce qu'on a enduré, ça s'arrêtait là ? J'ai passé des années à me tracasser pour lui cacher la vérité, alors qu'en réalité, il savait tout depuis le début – avant moi, même. Le sweat, mon secret interdit, plié et caché sur la dernière étagère de mon placard, pendant tout ce temps… c'était lui aussi.

Je revois le regard vacillant du vieil homme, la lueur dans ses yeux quand il m'a reconnue, mon Poppy.

J'aimerais un jour que mon bonheur dure un peu.

Je sens les larmes rouler sur l'arête de mon nez et s'écraser dans mes cheveux. Un de mes derniers souvenirs d'avant le voyage me revient. J'étais au désespoir de quitter Tiny, ma grand-mère, et mon amie Sophia. Je me rappelle avoir questionné ma mère :

– Pourquoi on les laisse ici ?

Et elle m'a répondu qu'il fallait qu'on arrange le passé afin de rendre le monde meilleur pour les gens qu'on aimait.

Mais ça n'arrivera jamais, pas vrai ? Nous ne sommes que des parasites. Nous n'avons rien arrangé. Nous n'avons aidé personne, à part nous-mêmes, et nous avons laissé les autres mourir.

Et les secrets ? La surveillance ? Les règles ? C'est juste pour nous protéger. C'est tout.

Les jours vont passer, je serai enfermée dans un grenier, une cave, une cellule quelque part.

Peut-être même enterrée. Le 17 mai va arriver, passer, et le monde courra droit à sa perte.

Je sens tout espoir, tout bonheur me quitter, comme si je me vidais de mon sang. Je revois mon père étendu sur le parking du supermarché, la gorge tranchée, sa vie qui s'échappe. Puis le froid.

Nous finissons par nous arrêter dans un coin reculé. Une sorte de ferme. Pas une jolie ferme avec des animaux et des prés fleuris. Non, juste quelques bâtiments au milieu des champs, dominés par des arbres immenses qui jettent une ombre sinistre. M. Douglas a l'air de connaître les lieux. Ils m'installent au sous-sol d'une maisonnette – une dépendance sans doute – non loin de la demeure principale. Ça sent la peinture et la moquette neuves. La pièce unique comporte un lit, une commode et un bureau, avec une petite salle de bains attenante, c'est tout. Il y a deux minuscules fenêtres, près du plafond.

– J'ai déposé des produits de toilette, une tenue de rechange, ta seconde paire de lunettes et tes vitamines dans la salle de bains. J'irai reprendre des affaires chez ta mère demain. Mets-toi vite en pyjama et éteins la lumière. Il y a un interphone pour communiquer avec la grande maison si besoin.

Je m'assieds sur le lit.

– Surtout, Prenna, n'oublie pas tes comprimés. Tu crois savoir à quoi ils servent mais tu te trompes.

Je baisse la tête. Pas la peine de discuter.

– Dimanche matin, nous t'emmènerons dans un endroit plus confortable où tu seras en sécurité et où tu pourras rester à plus long terme.

Il se dirige vers la porte.

— Genre formidable internat, vous voulez dire ?

Il se retourne.

— Non, je te l'ai déjà dit, pour Katherine, cela n'avait rien d'une punition. Toi, c'est différent.

Je le déteste.

— Confortable, c'est-à-dire ? Aussi confortable que l'endroit où vous avez envoyé Aaron Green ?

Il me déteste tout autant. Je le lis sur son visage.

— Ça dépendra de toi.

Pas question que je prenne ces vitamines. Peu importe ce qu'ils racontent. Pour la première fois depuis notre arrivée, je me passe de la petite pilule jaune. Je la jette dans les toilettes. Je remets quand même les lunettes, pour l'instant. Peut-être les règles sont-elles comme les vitamines… j'aimerais savoir qui elles protègent et de quoi.

J'aperçois un petit croissant de lune par l'étroite lucarne au-dessus du bureau. Elle n'a pas l'air de s'ouvrir. Je me demande si je pourrais la casser. La vitre est sans doute assez solide. Et même si j'y parvenais, je ne suis pas sûre de passer par le trou. Difficile à dire. C'est comme quand on se gare, pas évident d'estimer la place qu'on prend. De plus, les conseillers rappliqueraient sans doute immédiatement en entendant le bruit de verre brisé par l'interphone. Ou alors, il faudrait que je le coupe. Et même, en plus de l'interphone et de mes lunettes, il doit bien y avoir une caméra et un micro cachés quelque part dans la pièce.

Peu importe où ils vont m'envoyer dimanche. Peu importe ce qui m'attend là-bas. Ce n'est pas ça qui me fait peur. Parce que, de toute façon, ce sera le 18 mai. Un jour trop tard.

Je me douche, je me change, je n'arrive pas à dormir. Je pense à Ethan. Où est-il en ce moment ? Les a-t-il vus m'emmener en voiture ?

À sept heures du matin, M. Robert vient m'apporter une assiette d'œufs brouillés et des toasts. Il porte déjà une cravate. Bleu marine uni aujourd'hui. Je pose l'assiette sur le bureau. Je ne mangerai pas. Je ne dormirai pas, je ne mangerai pas. Ce n'est pas une vie, d'être ici.

J'aimerais lui poser des questions sur les «vitamines», les lunettes et leurs projets pour éviter la catastrophe. J'aimerais lui demander ce qui est vraiment arrivé à mon père et comment il fait pour mentir sans arrêt. J'aimerais aussi lui flanquer mon poing dans la figure.

Mais je me contente de rester assise sur mon lit.

– Tu pourrais prendre l'air moins bête, Prenna, me dit-il.

On est déjà jeudi. Je perds espoir. Le 17, c'est samedi. Perchée sur le bureau, je colle mon visage à la vitre. Comme un minuscule insecte dans l'herbe, j'aperçois au-dessus de moi un champ, de l'herbe, un chemin de terre. Qu'est-ce que je vais faire ?

Je surveille le chemin. En fin de matinée, une voiture le remonte, s'insère sur la route et s'éloigne. C'est le seul bruit de moteur que j'ai entendu depuis que je suis ici. D'après la silhouette du conducteur, je suppose qu'il s'agit de M. Douglas.

Un seul détail me donne un peu d'espoir. J'ôte mes lunettes pour regarder par la fenêtre. J'ai beau être à la hauteur d'une bestiole dans l'herbe, à mesure que le temps passe, je vois de plus en plus loin.

CHAPITRE 12

Le soir, je monte sur le bureau pour contempler la nuit. Le ciel est terne, chargé de nuages. L'idée de ne pas apercevoir la lune m'emplit de désespoir.

Soudain, je sursaute. Ce rond pâle qui me fixe, ce n'est pas la lune. Comme il s'approche, je reconnais le visage d'Ethan. Il pose la main sur la vitre. Je plaque mes cinq doigts tout blancs contre les siens. J'ai envie de pleurer. Je veux sortir.

Il me fait signe de m'écarter de la fenêtre. Je comprends. Il ne faut pas risquer d'attirer l'attention. Je m'assieds sur le lit. Je n'ose plus respirer. Je distingue à peine sa silhouette dans la pénombre, mais j'entends le crissement d'un diamant à verre contre la vitre.

Il faut que je couvre le bruit, si discret qu'il soit. Si je parle toute seule ou que je me mets à chanter, ce sera suspect. Alors, je fais ce que je n'ai cessé de faire depuis que je suis ici. Je pleure. Je renifle. Je sanglote. Ça vient tout naturellement. J'imagine M. Robert qui s'éloigne vite de l'interphone. Toute manifestation d'émotion le met mal à l'aise. Ce qu'ils me font le met mal à l'aise.

Lentement, avec précaution, Ethan découpe le verre, qui se détache en un seul morceau. Je vais vite dans la salle de bains ouvrir l'eau, puis je ferme la porte en espérant que la lumière et le bruit de la douche détourneront leur attention. En silence, je retraverse la pièce et grimpe sur le bureau. Ethan me tend la main à travers la fenêtre. Je la prends. C'est une chance que je n'aie rien mangé depuis deux jours, finalement.

Il étale son blouson sur le bord coupant de la vitre, puis saisit mon autre main pour me hisser à demi sur l'herbe. Retenant mon souffle, je m'extirpe tant bien que mal.

Partagée entre la joie et la peur, je traverse la pelouse sur ses pas. La forêt n'est qu'à une vingtaine de mètres. Sans m'arrêter, j'ôte mes lunettes, les jette par terre et je les piétine. J'aurais dû les laisser dans la chambre, mais c'est trop tard. Nous ne ralentissons pas avant d'être au milieu des bois, à deux kilomètres de la ferme au minimum.

Ethan serre moins ma main dans la sienne. Nous parcourons encore trois kilomètres. Enfin, nous arrivons à une route. Nous marchons jusqu'à la première station-service. J'ai mal aux pieds, les jambes tout écorchées, mais j'exulte.

– Je me suis garé là, m'informe-t-il.

Il va acheter deux bouteilles d'eau et des sucreries. Je le suis jusqu'à une voiture, une Honda, plus récente que la sienne.

– J'ai échangé avec un voisin, m'explique-t-il. Pour brouiller les pistes.

Je hoche la tête. J'attends d'être à l'intérieur pour demander :

– Comment m'as-tu retrouvée ?

Il tourne la clé de contact.

— J'ai mis un mouchard dans tes baskets quand ils ont enlevé Katherine.

J'écarquille les yeux.

— Je sais. Désolé. C'est plutôt leur genre de procédé.

Je pousse un long soupir et je le dévisage, au bord des larmes.

— Je ne sais pas comment te remercier...

Il me tend une barre de chocolat que j'ouvre avec appétit.

— ... Il faut sans doute penser comme eux pour les battre avec leurs propres armes.

— Je suis venu hier soir tard, en repérage. J'ai découvert où tu étais enfermée, j'ai pris mes renseignements, puis je suis revenu aujourd'hui.

— Tu es plus malin qu'eux.

— J'étais surpris qu'ils ne soient pas plus prudents.

— Parce qu'ils n'imaginent pas qu'un membre de la communauté puisse demander de l'aide à un natif du temps présent.

— Un natif du temps présent ?

Je n'aurais jamais pensé prononcer ce mot devant l'un des intéressés, ça paraît sans doute un peu condescendant.

— Des gens comme toi, qui sont nés ici et maintenant. Bref, pas nous.

Pour la première fois en quatre ans, je n'invente pas des mensonges au fur et à mesure. Je n'essaie pas de cacher quoi que ce soit. Je m'exprime, simplement.

— C'est pour ça que tu ne pouvais rien me dire.

– Oui, aucun membre de la communauté ne fait confiance aux natifs. On nous interdit de nous lier avec eux ou de leur parler de nous. Ainsi les dirigeants nous maintiennent dans l'isolement et la peur. Et ils savent que, dans la communauté, personne ne m'aidera. Du coup, ça les rend un peu présomptueux, sans doute.

Ethan me dévisage.

– Aucun membre de la communauté ? s'étonne-t-il.

Je souris en haussant les épaules.

– Il semble que l'un d'eux ait choisi, envers et contre tout, de faire confiance à un natif.

Il m'attire contre lui. Épuisé, soulagé, il enfouit son visage dans mon cou. J'aimerais tant qu'on puisse rester ainsi. J'inspire son odeur, avant de m'écarter pour annoncer d'un ton las :

– En dehors de ça, il y a d'autres soucis…

– Comment ça ?

– Apparemment, ce n'est pas une bonne idée qu'on soit trop proches ou qu'on…

– Qu'on quoi ?

– Qu'on ait une relation… physique… intime. Tout à coup, je suis gênée et je m'empresse d'ajouter :

– Enfin, je sais bien que ce n'était pas dans tes projets, de toute façon.

Assise si près de lui, après avoir connu la chaleur de ses bras, j'ai soudain honte de toutes les fois où j'ai fantasmé sur lui.

Il fronce les sourcils, l'air préoccupé et un peu contrit.

– Non… Pas du tout…

J'ignore s'il me taquine ou s'il est sérieux.

— Mais pourquoi tu dis ça ? Personne ne peut nous voir. Tu as plus que largement enfreint leurs règles. Tu es une hors-la-loi à leurs yeux.

Il s'interrompt et me sourit.

— Enfin, ne t'inquiète pas, je n'ai absolument pas l'intention d'en profiter.

Je hoche lentement la tête.

— Ce n'est pas la question…

Je cherche comment formuler les choses.

— Ça pourrait être dangereux…

— En quoi ?

— Nos cellules et notre système immunitaire se sont modifiés au fil du temps. Nous avons été exposés à des microbes différents. Notre immunité n'est pas la même que la vôtre. Voilà pourquoi nous n'avons pas le droit de nous faire soigner ici. Selon eux, si un laboratoire analysait notre sang, cela soulèverait mille et une questions. Nos scientifiques avaient l'avantage de connaître l'environnement sanitaire d'aujourd'hui, ils nous ont donc vaccinés pour nous protéger. Et ils nous font des rappels deux fois par an. Les comprimés qu'ils nous donnent servent également à ça – enfin, en principe, tout du moins.

Il paraît soulagé.

— Donc, tu ne crains rien.

— Non, mais toi, oui.

— Moi ?

— Je te mets en danger. Tu n'es pas immunisé contre les germes dont je suis porteuse. L'époque d'où je viens a connu des épidémies terribles qui ont ravagé nos familles. Je suis immunisée contre la peste du sang, comme tous ceux qui sont venus ici, sinon nous serions morts. Mais qui sait quels changements se sont opérés dans mon ADN ou dans mon organisme ? Qui sait ce que je risque de te transmettre ?

– Juste en étant proche de moi ? Je n'y crois pas.

– Les dirigeants estiment que les contacts de la vie quotidienne ne présentent pas de danger. Mais ils nous ont mis en garde contre toute relation physique. Voilà pourquoi ils nous interdisent strictement toute intimité avec les natifs. Ils disent que cela pourrait être comme Cortès qui a décimé les Aztèques en leur apportant la variole.

Je me recroqueville en expliquant tout ça. On peut faire plus romantique comme conversation avec le garçon qu'on aime.

Il m'étudie avec attention, puis reste un instant silencieux avant de secouer la tête.

– Ça ne m'effraie pas. Je n'ai pas peur de toi.

Je prends une profonde inspiration.

– Moi, oui.

Grâce à mes révélations, quand nous reprenons la route, l'ambiance dans la voiture s'est sérieusement rafraîchie. Lorsque nous quittons l'État de New York pour passer dans le New Jersey, Ethan me prend la main. Je lis sur son visage la tentation de la rébellion.

Nous finissons par nous garer sur une aire de repos au bord des falaises des Palisades. L'entrepôt de stockage n'ouvre pas avant sept heures du matin, il faut qu'on essaie de dormir un peu. Les deux prochains jours s'annoncent assez chargés.

– Qu'est-ce que tu as dit à tes parents ? je demande, revenant à des considérations plus ordinaires.

– Que j'allais passer le week-end chez ma sœur à Bucknell.
– Et à ta sœur ?
– Elle pense que j'ai une petite amie secrète !

Il sort une couverture du coffre et m'ouvre la portière.

– Allonge-toi à l'arrière.
– Et toi ?

Il retourne à l'avant.

– Je peux dormir assis, ça ne me dérange pas.
– Tu es sûr ?
– Oui, et comme ça, je redémarrerai vite en cas d'urgence.
– Tu crois qu'ils vont nous trouver ?
– Je pense qu'ils sont sur nos traces, mais on a l'avantage. Kenobi m'a expliqué qu'ils étaient doués pour opprimer les leurs, mais qu'ils n'avaient aucun pouvoir sur le monde réel. Je me débrouille bien mieux qu'eux dans notre société.
– Tu crois ?
– Évidemment. Ils n'ont pas de contacts parmi les natifs, comme tu dis.
– Non, pas vraiment.
– Alors que toi, mon amie, tu en as !

Il verrouille les portières. L'habitacle est plongé dans le silence et l'obscurité. Je regarde la buée envahir les vitres. J'entends les voitures filer sur l'autoroute. Bizarrement, je me sens en sécurité.

Au bout d'un long moment, je l'entends sortir pour me rejoindre à l'arrière. Mon cœur s'emballe, même si c'est mal. Je me redresse pour lui faire de la place.

– Non, non, reste allongée. Pousse-toi juste un peu.

Il se couche à côté de moi. J'étale la couverture sur nous deux.

— Finalement, je ne suis pas très doué pour dormir assis.

Je ris.

Au début, nous sommes serrés comme des sardines, allongés côte à côte. Mais bientôt, il se tourne vers moi et m'enlace. Je sens son cœur battre dans mon dos.

— C'est un contact occasionnel, non? demande-t-il.

— Je ne suis pas sûre qu'ils le voient comme ça.

Il a déjà été aussi près de moi, sans aucune séquelle à ce jour.

— Mais je pense que ça va quand même.

Je commence à somnoler lorsqu'il mêle ses jambes aux miennes.

— Hé, Prenna? souffle-t-il dans mon cou.

— Mm?

— Si j'avais le droit de t'embrasser, tu serais d'accord? chuchote-t-il.

Je sais que je devrais mentir. Ce serait plus facile pour nous deux. Mais j'ai pris goût à la vérité, ça me tourne la tête, je suis accro.

— J'en meurs d'envie, je murmure face à la banquette.

— Moi aussi.

Il dépose un baiser sur mon omoplate avant de sombrer dans le sommeil.

CHAPITRE 13

Nous nous garons sur un parking dans le Bronx pour consulter un plan du quartier sur son téléphone. Enfin, je le laisse faire car ma vue n'est pas encore assez bonne. Pas facile de se repérer dans le coin, les rues sont délabrées et désertes. La plupart des bâtiments sont inhabités, à en juger par le nombre de vitres cassées. Je ne crains pas vraiment ce qui fait peur aux natifs du XXIe siècle, mais quand même, je suis contente de ne pas être toute seule.

Il fait froid, ce matin. Le vent soulève le T-shirt d'Ethan. Après deux nuits à errer autour d'une ferme, il a l'air plutôt crasseux. Et fatigué. Mais il sautille sur le trottoir comme un gamin.

— Qu'est-ce que tu fabriques ?
— Rien... Je ne sais pas. Je me sens bien. En pleine forme.

Il est légèrement essoufflé, mais il a un large sourire aux lèvres.

Je le regarde sauter encore et encore.
— Ah oui, vraiment ?

Je crois que je comprends où il veut en venir.
— Ouais, pas du tout malade ni rien.

Je lui jette un regard soupçonneux.

Il hausse les épaules.
– Je dis ça comme ça.
Nous trouvons enfin l'adresse, un grand bâtiment industriel surmonté d'une gigantesque enseigne lumineuse pour signaler l'endroit aux voitures qui foncent sur le tronçon de route surélevé, au-dessus de nous.

L'employé qui nous accueille a l'air de s'ennuyer à mourir. D'après son badge, il s'appelle Miguel. Il ôte ses écouteurs pour demander :
– Votre carte, s'il vous plaît.
Je la lui tends.
– Puis-je voir votre clé ?
Je la lui montre également.
– Numéro de casier ?
J'hésite. Je veux à tout prix éviter d'éveiller ses soupçons. Deux ados crados qui débarquent à sept heures du matin, la tête à l'envers, c'est déjà assez louche.
– Cinq cent sept, dis-je d'un ton que je voudrais assuré.
Il vérifie sur son ordinateur et pousse la tablette numérique vers moi.
– Signez ici, merci.
Je gribouille un truc illisible, comme toujours quand on écrit sur ces machins.
– Ascenseur jusqu'au cinquième, prenez deux fois à droite, une fois à gauche.
Et sur ce, il se renfonce dans son fauteuil et remet ses écouteurs.

On pourrait faire entrer une voiture dans l'ascenseur. Je passe la carte avant d'appuyer sur le bouton ; j'ai les mains moites et je ne tiens pas en place.

– Il ne faut pas qu'on reste trop longtemps, me glisse Ethan alors que nous parcourons les couloirs en béton brut.

Nous savons tous les deux que nous ne sommes peut-être pas les seuls à être au courant de l'existence de cet endroit.

Je hoche la tête. Les phares des voitures qui passent sur la voie rapide filtrent par les fenêtres triple vitrage, éclairant le couloir par intermittence. L'effet stroboscopique me donne mal à la tête.

Je plisse les yeux afin d'introduire la clé dans la serrure, la main tremblante. La poignée tourne, je pousse la porte, glissant la clé dans ma poche.

Ethan cherche l'interrupteur à tâtons. Au plafond, un néon blafard bourdonne et clignote avant de s'allumer. La pièce doit faire deux mètres sur trois. Des étagères en aggloméré presque vides couvrent deux murs. Sur la planche du milieu trônent quatre cartons et un classeur rouge.

J'entre, Ethan me suit. Il jette un coup d'œil par-dessus son épaule.

– On laisse ouvert ?
– Ouais.

Le couloir est désert et, de toute façon, j'aurais l'impression d'étouffer si on fermait.

– On commence par là ? demande-t-il en ouvrant le premier carton.

J'acquiesce. Il va me falloir tout mon courage pour y toucher.

– C'est un tas de journaux, m'annonce-t-il.

J'ai l'impression de distinguer une note de déception dans sa voix. Peut-être espérait-il découvrir de la technologie époustouflante ?

— Pas très futuriste, je commente.
— Non... Je peux regarder ?
— Vas-y, vas-y.

Je pose les mains sur le deuxième carton. J'essaie de me motiver pour l'ouvrir. Ce n'est pas que je redoute ce que je vais apprendre... Seulement, je dois lutter contre des années de conditionnement qui m'ont appris que la curiosité était un vilain défaut, qu'il ne fallait pas s'immiscer dans la vie des gens. Certaines émotions me viennent plus facilement que d'autres : alors que j'ai du mal à me sentir en confiance ou en sécurité, je suis une habituée de la culpabilité et de la suspicion.

La caisse est divisée en plusieurs compartiments. Sur l'un d'eux, je repère mes initiales – mes anciennes initiales – au marqueur noir. À la manière des immigrants d'Ellis Island, aucun d'entre nous n'a conservé son vrai nom en venant s'installer ici.

Je sors un dessin aux crayons de couleurs : une famille avec des jambes comme des bâtons, des pieds ovales, de grosses mains aux doigts en boudin et des têtes de sucettes. Le papa est brun et barbu, la maman aux cheveux jaunes tient dans ses bras un bébé bleu en forme d'œuf, la grande fille a les cheveux noirs comme son père et des points bleus pour les yeux comme sa mère. Elle tient la main d'un petit garçon brun.

Il me faut un réel effort d'imagination pour mettre ce dessin en relation avec ma propre existence. Pour en raviver le souvenir lointain, mais conservé dans mes mains, mes yeux, mon esprit. Pour lier la petite fille de ce souvenir avec ce que je suis maintenant.

Puis il y a une carte d'anniversaire destinée à mon père, réalisée également par la petite fille de mes souvenirs – autrement dit, moi. Et une autre et encore une autre. La première est un gribouillage, mon nom est écrit en lettres capitales énormes, la plupart à l'envers, avec de grosses chaussures au bout des pattes. Moi. Signant de mon prénom une carte pour mon père.

Je m'assieds par terre, le carton sur les genoux. Mes premiers essais d'écriture. L'alphabet, les chiffres jusqu'à vingt. Des exercices dictés par mon père, une rédaction décrivant mon petit frère qui vient de naître, ma première fiche de lecture sur *L'Étalon noir*.

Des dissertations sur la création d'Internet, la crise de l'eau de 2044, le grand blizzard de 2072 durant lequel en une nuit un mètre vingt de neige est tombé sur la côte Est. Je me rappelle avoir rédigé ces devoirs, sans avoir besoin de les relire. Il y a un chiffre en rouge en haut de chaque copie. J'avais supplié mon père de me noter pour avoir l'impression d'être une véritable élève, comme dans les romans que je lisais, et pas juste une gamine qui fait ses devoirs dans la cuisine.

Il y a celui que j'ai commencé sur la peste du sang de 87, mais que je n'ai pas fini. Sous mon nom, la date indique 2095, je me rappelle l'excuse que j'avais inventée pour ne pas le terminer et aussi la véritable raison. La peste revenait. Ce n'était pas de l'histoire. Elle tournoyait et bourdonnait à notre porte. Je préférais écrire des devoirs sur des événements révolus et j'avais bien l'impression que les épidémies ne faisaient que commencer.

Dans un autre compartiment sont entassés des documents concernant ma mère : ses diplômes universitaires et de médecine, des certificats divers, des récompenses. C'est touchant de voir que mon père les a conservés. Son laboratoire de recherche a fermé à la fin des années 70, il n'y a donc plus grand-chose après. Je trouve un article du journal de sa fac. J'aimerais avoir une meilleure vue. Je ne distingue que le titre annonçant qu'elle a remporté les joutes oratoires interuniversités. Ma mère, dans un débat ? Difficile à imaginer. Sur la photo, elle arbore un large sourire, confiant. Je la reconnais à peine.

Je ne veux pas en voir plus. Les souvenirs de ces cartons font petit à petit revenir ma mémoire, me rattachant à mon ancienne vie comme des cordes. Et chacun d'eux me rappelle mon Poppy qui se rapproche, lentement mais sûrement, du vieil homme mort dans mes bras.

Voilà le passé qu'on m'a donné l'ordre d'oublier. Il est là. C'est vraiment arrivé. Cela fait partie de moi. C'est ce qui a fait de moi ce que je suis.

Ce n'est pas parce que ça ne s'est pas encore produit que ça ne s'est pas produit du tout. C'est vrai. C'est réel. Je suis réelle. Je n'ai pas été fabriquée à partir de rien, sans racines, je ne flotte pas dans le cours du temps. J'avais une vraie famille. J'avais ma place quelque part autrefois.

Un bruissement de papier dans mon dos me tire de mes pensées. Me ramène ici, maintenant, dans cette pièce, avec Ethan.

– Qu'est-ce que tu as trouvé ? je demande.
– Le journal de dimanche.

Je me lève pour le rejoindre.

– Pas dimanche dernier, dimanche prochain.

Effectivement, c'est un numéro jauni du *New York Times* qui rend compte d'événements qui ne sont pas encore arrivés. Je plisse les yeux pour déchiffrer la date. Je connais ce dimanche. J'y ai beaucoup pensé. Parce que c'est un jour trop tard.

– Et les autres ?

J'en vois qui sont bien empilés à ses pieds.

Il me tend celui de dimanche.

– Il était sur le dessus. C'est visiblement celui qu'il a le plus lu et relu. On dirait qu'il a été beaucoup plié et déplié.

J'acquiesce. Je le range dans le sac qu'Ethan a apporté.

– Il y a une dizaine de journaux. À partir de 2010, un par an, jusqu'à maintenant... et après.

Il secoue la tête, les yeux dans le vague.

– Je ne pensais pas que... ça continuerait. Regarde.

Il en tire une autre pile et les feuillette délicatement.

– Deux de ce mois-ci, un de plus tard dans l'année, un de l'an prochain, un autre de l'année suivante et ainsi de suite...

Il examine le dernier journal du carton.

– Incroyable. Juin 2021.

– C'est l'un des derniers, dis-je, impressionnée.

– Ça s'est arrêté quand ?

J'essaie de me rappeler mes cours d'histoire.

– La presse papier a dû disparaître au début des années 2020.

– Incroyable ! répète-t-il. Ensuite, on est passés au tout numérique ?

– Oui mais, en fait, le système d'information avait changé. Il n'existait plus vraiment de journaux sous quelque forme que ce soit.

– C'est pour ça que je suis étonné de voir tous ces journaux, remarque Ethan. Aujourd'hui, le papier est déjà un peu dépassé. Je croyais qu'il aurait tout sauvegardé sur un nouveau type de support, plus facile à transporter et à conserver que le papier.

Moi, ça ne me surprend pas du tout. Mon père a toujours adoré le papier.

– Réfléchis un instant. Un texte imprimé est un objet. Une chose réelle. On ne peut pas le modifier, le réécrire, le rafraîchir, le mettre à jour, le pirater ou quoi que ce soit. C'est fragile, bien sûr, mais c'est aussi un témoignage historique qu'on ne peut nier. Ce qui est écrit là-dedans, c'est une version de l'histoire qui est arrivée.

Ethan hoche la tête.

– Je vois ce que tu veux dire.

– Aujourd'hui, les gens sont à fond pour le tout numérique, les bases de données, chacun est fier de posséder son morceau de Cloud, etc. On n'a plus grande considération pour le papier, mais l'enthousiasme va retomber au bout d'un moment. Au fil du temps, les gens vont redevenir plus respectueux des vrais objets qu'on peut toucher. C'est ce qui s'est produit pour mon père en tout cas.

Ethan prend le journal de dimanche.

– J'ai presque peur de le lire. Tu sais ce que ça implique ?

– Je crois.

J'entends les voitures défiler sur la voie rapide. Je frissonne.

– Tu es consciente du pouvoir que ce simple morceau de papier pourrait nous donner ?

– Oui, surtout si ce qu'il raconte est vrai.

– C'est forcément vrai. Tu viens de dire que c'était un témoignage historique.

– Certes, mais c'est juste le témoignage d'une version de l'histoire.

Ethan baisse les yeux, mal à l'aise. Il a compris où je voulais en venir.

– Ce journal nous montre quelque chose d'encore plus important que le cours des actions, les résultats sportifs et les événements du jour où il a été imprimé.

– Quoi donc ?

– Il peut nous montrer à quel point nous avons changé les choses en venant du futur, en évoluant au milieu des natifs du temps présent. Si nous constatons un décalage entre ce qui est écrit ici et ce qui se passe, nous verrons l'impact qu'a eu notre arrivée.

– Et qu'est-ce que tu penses de ça ? me demande Ethan en me tendant le classeur rouge.

Il contient une série de fiches, illustrées d'une photo d'identité, avec quelques lignes d'informations médicales imprimées et des notes manuscrites. La première concerne une certaine Teresa Hunt, née en 1981. J'ai du mal à lire ce qui est écrit en petit, mais une mention entourée au stylo rouge attire mon regard : « Patiente n° 1 ? »

La deuxième présente un petit garçon de trois ans, nommé Jason Hunt. Je devine qu'il s'agit du fils de Teresa. Dans la marge est noté : « Patient n° 2 ? »

Il y a plus d'une dizaine de fiches dans le même genre. Elles ne sont pas toutes numérotées, mais elles sont clairement liées. Ces gens sont-ils malades ? Sont-ils encore en vie ?

— Il essayait peut-être de voir comment l'épidémie avait commencé. Je ne suis pas sûre…

Je vais à la dernière fiche.

— Je ne pensais pas que la peste du sang avait démarré si tôt, mais c'est possible… Peut-être y a-t-il eu des signes avant-coureurs…

Je sais que la maladie a muté à plusieurs reprises, devenant plus agressive chaque fois. Au début, elle était assez peu contagieuse… à la fin, elle était transmise par une simple piqûre de moustique. Mais je préfère ne pas trop entrer dans les détails avec Ethan pour le moment.

Je glisse le classeur dans le sac afin de l'étudier plus attentivement, quand j'aurai davantage le temps et une meilleure vue.

J'attaque le troisième carton. En l'ouvrant, j'étouffe un cri.

— Qu'est-ce qu'il y a ? s'inquiète Ethan.

— C'est de l'argent. Des liasses de billets. De cinquante et de cent pour la plupart. J'espère qu'il ne cambriolait pas des banques.

— Ça m'étonnerait.

Je regarde dans les différents compartiments, ils contiennent tous la même chose.

— Waouh, ça fait beaucoup.

Je vérifie la date sur les billets. Ils sont de 2007, 2009, jusqu'à maintenant. Dans une autre enveloppe, il y en a qui ont été imprimés l'an prochain, et l'année d'après.

— Il a dû les apporter avec lui.

— Je me demande comment il a fait pour les mettre de côté. Ça fait une somme, on dirait… Il était riche ? s'étonne Ethan.

J'essaie de me remémorer mes cours.

— Non, mais il y avait une inflation galopante dans les années 50, il me semble. Mon père m'a dit qu'en 2056, un ticket de métro coûtait deux cent cinquante dollars et un beignet cinq cents.

— Tu plaisantes ? Et quand tu étais petite, c'était combien ?

— Aucune idée. Les États-Unis ont abandonné le dollar pour une nouvelle monnaie au début des années 60, puis ils ont encore changé dix ans plus tard. Quand j'étais enfant, la monnaie en circulation, c'était les «goldos». De toute façon, il n'y avait pas moyen d'acheter un beignet à quelque prix que ce soit. Les anciens billets verts ont été pour la plupart détruits, j'imagine. Mais je me souviens d'en avoir vu de temps à autre. Je me rappelle même qu'on s'en servait pour allumer la cheminée. Ils n'avaient plus aucune utilité à part ça.

Ethan est sous le choc.

— Ici, c'est plus qu'utile.

— Je sais, ça m'a étonnée d'ailleurs quand je suis arrivée. J'avais du mal à avoir un quelconque respect pour ces papiers qu'on jetait au feu.

— Ton père a dû conserver ceux-là, sachant qu'ils pourraient lui servir le moment venu.

— Tu vois à quel point il adorait le papier ? dis-je en lui tendant une liasse.

Il fait rapidement le calcul.

— Il doit bien y avoir cent mille dollars dans ce carton.

– J'en mets quelques-uns dans le sac.
– Surtout prends bien ceux qui ont déjà été imprimés.

Je vérifie la date de mise en circulation avant de fourrer une grosse liasse dans le sac.

– De combien on peut avoir besoin ? Cinq mille dollars…

Il écarquille les yeux.

– Et qu'est-ce que tu vas faire du reste ?
– Rien pour le moment. On a plus important à régler d'abord.

Je me tourne vers le dernier carton. Il contient des cartes en plastique noir transparent réunies en petits paquets. Je les reconnais au premier coup d'œil même si je n'en ai pas vu depuis notre départ.

– Tiens, ça, ça va te plaire !

Ethan s'approche pour les examiner.

– Ce sont des sauvegardes mémoire, une par mois. Chaque paquet correspond à une année.

J'en sors une.

– Je ne sais pas sur quel appareil on pourrait les lire ici, mais ça nous permettrait de voir le futur.
– Qu'est-ce que tu entends par « sauvegardes mémoire » ?
– Ça va bientôt arriver sur le marché… dans deux ou trois ans, si je me rappelle bien mes cours d'histoire. Les gens vont se mettre à stocker leurs souvenirs. C'est très simple. Vous possédez déjà la technologie nécessaire. C'est le même principe que dans nos lunettes. Il suffit d'avoir un Smartphone, en fait. Si tu laisses tourner la caméra en permanence, tu enregistreras tout ce que tu fais, tout ce que tu entends, tout ce que tu vois. Ce

qui serait pénible et complètement idiot, mais tu saisis le principe.

« Au début, les gens ont acheté en masse un truc qui s'appelait iMemory, une microcaméra, de la taille d'une perle, qu'on pouvait porter en boucle d'oreille, en collier, où on voulait. Puis il a encore été miniaturisé, de sorte qu'on pouvait se le faire implanter dans le lobe de l'oreille. Cela filmait tout ce qu'on voyait et faisait dans la journée, avant de le stocker automatiquement sur un Cloud.

« La majorité des infos recueillies étaient sans intérêt. Mais admettons que tu aies perdu ton portefeuille, ton portable ou tes clés, ça pouvait t'aider à les retrouver. Ça te permettait de prouver que tu avais bien sorti les poubelles, fini ton devoir de maths ou que c'était ta sœur qui avait commencé la bagarre… Grâce à la sauvegarde mémoire, facile de retrouver la scène. Tu pouvais chercher par date, heure ou mot clé. Tu pouvais visionner n'importe quel moment de ta vie.

En fait, j'avais complètement oublié ce système.

– Les gens ne s'en servaient pas vraiment beaucoup, mais ils aimaient savoir que c'était disponible, si besoin. Au début, ils affirmaient que c'était une forme d'immortalité, de pouvoir graver sa vie entière comme ça. Ça te semble bizarre, maintenant, mais ça va bientôt être possible. C'est très utile sous certains aspects : la criminalité va chuter de façon spectaculaire, car tout est filmé. Mais ça pose un tas de problèmes que d'autres personnes puissent avoir accès à ta vie privée.

Je brandis un paquet.

– Voilà les sauvegardes mémoire de mon père :

2058, ce doit être la plus ancienne. Et voilà 2086, l'année de ma naissance.

Il passe sa main dans mes cheveux.

– Alors, je pourrais assister à ta venue au monde ?

– Ouais, peut-être. Si on est encore vivants la semaine prochaine.

Sous les cartes de mon père, je trouve celles de ma mère.

– Incroyable, murmure Ethan.

Je les sors pour les remettre dans l'ordre. J'ai les yeux qui me brûlent, je peine à lire les dates. Voilà mes souvenirs. Quatre paquets et demi. J'ai commencé à les stocker à sept ans. Au fond, il y a un petit paquet incomplet. L'existence trop courte de Julius. J'enfouis mon visage dans mes mains. Que découvrirais-je si je voyais sa vie à travers ses yeux ?

Je me lève. C'est trop pour moi.

Ethan a entre les mains un morceau de papier jauni qu'il a trouvé parmi les sauvegardes mémoire. Il paraît figé, ça m'inquiète.

– Ethan ?

Pas de réponse. Je le rejoins. Il fixe un dessin aux couleurs fanées. Je plisse les yeux pour distinguer le tracé.

– Ça a l'air vieux. C'est quoi ? je demande.

Toujours aucune réponse. Je me penche pour mieux voir. Ça représente une tempête on dirait. Avec des flèches et des schémas dans la marge. Et puis un plan dans le bas.

– Ça va ?

Ethan lève les yeux. Je ne l'ai jamais vu dans cet état.

– Tu sais ce que c'est ?
– Non.
– Un dessin que j'ai fait. J'ai dessiné ce que j'ai vu au bord de la rivière. Le jour où tu es arrivée.
– Tu le lui avais donné ?
– Non. Je ne comprends pas, Prenn. Il est au fond d'un tiroir, dans mon bureau.
– En ce moment ?
– En ce moment même.
– Tu es sûr ?
– Sûr et certain.
– Tu en avais fait une copie ?
– Jamais de la vie.
Je réfléchis.
– Alors, ça veut dire que tu ne le lui as pas encore donné.

Janvier 2012

Cher Julius,

Maman m'a surprise en train de t'écrire. Elle veut que j'arrête sinon elle préviendra M. Robert. J'ai répliqué que j'écrivais dans le noir, que personne n'était au courant, mais elle ne veut rien entendre.

Alors ce sera ma dernière lettre. Je voulais juste te dire que nous vivons dans un endroit magnifique. C'est difficile par certains côtés, mais hier après les cours, je suis rentrée par le parc. Il neigeait, j'étais la plus heureuse au monde.

Le plus dur, c'est que tu ne sois pas là, avec moi. Mais c'est moins dur qu'avant. Avant, c'était parce que ta vie était finie, mais maintenant, elle n'a pas encore commencé. Nous arrangerons les choses, ainsi quand tu naîtras, ce sera dans un monde meilleur. Tu pourras faire des trucs géniaux comme te baigner dans la mer et manger des mangues quand tu voudras. Tu verras des écureuils et des abeilles, tu pourras même avoir un chien. Je te montrerai comment planter de drôles d'oignons qui deviennent des fleurs au printemps.

La vie sera plus belle, pour tous les deux, J. Cette fois, tu auras le temps de grandir, je te le promets.

Ta sœur qui t'aime, Prenna

CHAPITRE 14

Vendredi. Il est encore tôt. Nous filons vers la côte sur la voie rapide, comme dans un rêve. Le soleil brille, j'ai mis mes pieds nus à la fenêtre, le vent me chatouille les orteils.

Nous nous arrêtons dans une station-service pour acheter un téléphone prépayé.

– Vas-y, lâche-toi ! me taquine Ethan en voyant que j'en ai pris deux.

Ce n'est pas tous les jours qu'on trouve des milliers de dollars dans un carton.

J'appelle tout de suite ma mère. Je me demande ce qu'elle sait, s'ils l'ont prévenue que je m'étais enfuie. Ils ont tellement horreur de reconnaître leurs erreurs, d'être pris en flagrant délit de ratage.

– Molly, je ne peux pas te parler longtemps, dis-je d'un trait quand elle décroche.

Je crains qu'ils ne repèrent l'appel si je reste trop longtemps au téléphone.

– Prenna ! Où es-tu ?

– Je vais bien. Je me suis échappée, personne n'a été blessé. Poppy m'a demandé de faire quelque chose pour lui, mais je serai de retour dimanche au plus tard.

J'entends des voix dans le fond. Elle n'est pas seule.

— Maman ?

— Prenna ?

Ce n'est plus elle, je crois que c'est Mlle Cynthia à l'appareil. Sa voix me glace les sangs.

— Tu m'entends, Prenna ? Si tu continues comme ça, tu vas causer beaucoup d'ennuis à ta mère. Et à Katherine.

Elle est grotesque. Je ferais mieux de raccrocher.

— Elles n'ont rien fait.

— Raison de plus pour penser à elles.

— Ce n'est pas moi qui leur veux du mal !

La petite fille de douze ans se réveille en moi pour nous défendre contre cette mégère. Il faut que je me calme. Elle reprend la parole mais je la coupe :

— Je reviens dans deux jours. Laissez-les tranquilles et j'irai tout droit chez M. Robert pour me rendre. Vous pourrez faire de moi ce que vous voudrez. Mais si vous touchez à un seul de leurs cheveux, je vous jure que je fiche tout en l'air.

Je raccroche.

Je jette le téléphone par terre et je l'écrase sous mon talon.

Puis je fais quelques pas et je m'accroupis, la tête entre les mains. Une minute plus tard, je sens la main d'Ethan sur mon épaule.

— Ça ne s'est pas bien passé.

— Pas trop, non.

Je me relève pour m'essuyer les yeux.

— Mais ça va aller, t'inquiète.

— T'es sûre ?
— Sûre.
Et c'est vrai parce que, pour une fois, de tous les échanges que j'ai pu avoir avec Mlle Cynthia, ce n'était pas moi la plus effrayée. C'était elle.

Depuis que je suis arrivée ici, c'est mon premier jour de liberté, nous décidons donc d'aller voir l'océan « en vrai ».
— Il faut qu'on aille quelque part, décrète Ethan avec philosophie.
Et il a raison.
Ma vue s'améliore, un vrai miracle. C'est tellement différent, tellement mieux sans ces saletés de lunettes. Alors que nous longeons la côte sous un ciel d'un bleu pur et un grand soleil, avec les dunes qui défilent à la fenêtre, j'ai l'impression de découvrir un monde neuf, d'une telle beauté...
Ethan me jette un coup d'œil et sourit.
Il me conduit à Jones Beach et se gare près d'un snack-bar. Il y a déjà du monde. Quoi de plus normal ? C'est un beau et chaud vendredi de mai.
— Parfait, décrète Ethan en regardant passer les gens en maillot qui traînent glacières, parasols et jeunes enfants. L'endroit idéal pour un couple de fugitifs, désireux de sauver le destin de l'humanité, non ?
Pour le moment, nous préférons cependant rester dans la voiture. Ethan sort le *New York Times* de ce dimanche et m'en tend la moitié.
— Tu arrives à lire les petits caractères maintenant ? demande-t-il tandis que je déchiffre la une, aussi fier que s'il m'avait appris à lire.

Nous essayons de détendre l'atmosphère, mais je vois bien que nous sommes tous les deux tendus, redoutant d'ouvrir le journal.

Je m'attaque à la météo en commentant :

— On pourrait prévoir le temps sans aucun risque d'erreur grâce à ces journaux.

Ethan parcourt d'un œil hésitant les pages sportives.

— Et gagner une fortune en pariant sur les résultats des matchs. Je commence toujours par là d'habitude, mais aujourd'hui, j'ai l'impression de tricher.

— Ouais, je suis d'accord.

J'ôte la météo, le sport et la bourse pour les mettre de côté.

— Occupons-nous du reste plutôt.

Ensemble, nous étudions les premières pages. Je scanne les gros titres sans que rien retienne mon attention. L'immigration a visiblement réussi son pari : ne toucher à rien et surtout ne rien changer.

À un moment, Ethan pose le journal et me regarde l'air de dire : « Qu'est-ce qu'on fait dans cette galère ? »

Je compatis. Moi, j'ai tellement l'habitude que tout soit sens dessus dessous, ça me perturbe moins. Je revois son visage quand il a trouvé son dessin dans les cartons de Poppy. Il n'est pas encore midi, et il a déjà dû encaisser tant de nouvelles sidérantes aujourd'hui...

Je pose la main sur son poignet.

— Je suis désolée de te mêler à tout ça.

L'espace d'un instant, il me regarde comme avant.

— Je suis déjà tellement mêlé à toi, Henny. Dès

la première fois que je t'ai vue. Ce n'est pas maintenant que ça va s'arrêter.

Après une petite pause épi de maïs, chips et limonade au snack-bar, nous reprenons notre lecture dans la voiture.

Alors que je déplie le journal sur mes genoux à la page des « Nouvelles locales », Ethan pointe la photo d'un couple en s'exclamant :

– Bon Dieu ! Tu sais qui c'est ?

Il désigne la femme, puis tapote son nom.

– Oui, c'est bien elle !

– Qui ça ?

– Mona Ghali, la chercheuse dont je t'ai parlé. Celle du labo où j'étais en stage l'été dernier.

– Celle qui a écrit l'article que tu voulais montrer à Ben Kenobi ?

– Exactement.

– Ça alors... que lui est-il arrivé ?

Nous sommes tous les deux tellement surexcités que nous survolons le texte.

Je reviens au gros titre.

– Je crois qu'elle est morte.

Je lis à haute voix :

– « Une querelle d'amoureux tourne mal. »

Je me concentre pour relire plus attentivement les premiers paragraphes.

– Oui, ça s'est mal fini pour elle.

Je désigne l'homme en cherchant son nom.

– Ce type... Andrew Baltos... il l'a tuée.

Ethan interrompt sa lecture, livide.

– Elle est morte ?

Je vérifie la date, juste pour être sûre.

– Non, elle est encore vivante. Elle doit

mourir samedi soir vers huit heures moins le quart.

Ethan fixe l'article, sans parvenir à le lire.

– Mais pourquoi ? Pourquoi quelqu'un voudrait-il la tuer ?

– Ils disent que cet Andrew était son petit ami et qu'ils se sont disputés.

Je lis la suite.

– Il ne nie pas. Il dit que c'était un cas de légitime défense, qu'elle était armée.

Ethan met un moment à digérer la nouvelle.

– Tu crois que ça pourrait être ce qu'on recherche ?

Nous savons tous les deux que c'est ça. C'est trop gros pour être une simple coïncidence.

– Je crois, oui. Mon père la connaissait ?

– Je lui avais parlé de ses recherches. Pas tant ses travaux sur l'énergie des vagues que ce qu'elle faisait à côté, sur son temps libre. J'ignore si je lui avais dit son nom. Je n'ai jamais eu l'occasion de lui donner cet article, finalement.

Tenant le journal d'une main tremblante, je reprends ma lecture.

– En plus, c'était son anniversaire.

– Elle a été tuée le jour de son anniversaire. Enfin, elle sera tuée.

– Comme Shakespeare, il est mort le jour de son anniversaire.

Je termine l'article.

– Je pensais qu'on recherchait un assassinat politique ou un meurtre dans le monde des affaires, ce genre de truc. Pas une fille qui se dispute avec son petit ami le soir de son anniversaire !

Ethan n'a pas quitté la photo des yeux.
– Oui, mais c'est une fille spéciale.
– Son labo est à Teaneck, c'est ça ?
– Ouais.
– Ça s'est passé… ça va se passer là-bas.
Il secoue la tête.
– C'est dingue. Je connais les lieux comme ma poche.
– Ça pourrait nous être utile, non ?
J'étale le journal sur le tableau de bord afin d'étudier le visage de l'assassin en pleine lumière.
– Il faut qu'on se renseigne sur ce type. Qu'on trouve un maximum d'infos sur lui.
Ethan hoche la tête.
– J'ai encore l'article dans mon sac. Je n'arrive pas à croire qu'elle est morte.
– Ce n'est pas encore arrivé.
– Enfin, qu'elle est censée mourir, je veux dire.
– On doit tout faire pour qu'elle reste en vie, tu te rappelles ?

Nous épluchons le reste du journal du 18 mai, au cas où, avant d'attaquer les autres.
Nous tombons tout de suite sur quelque chose d'important. Dans l'exemplaire daté du 21 mai, un article perdu au milieu des pages locales évoque un rebondissement dans l'affaire Mona Ghali. Ce qui se présentait comme une querelle d'amoureux ayant dégénéré se révèle plus compliqué. La mémoire des deux ordinateurs de son bureau a été vidée et ses dossiers papier volés.
Le journal du 28 mai nous apprend que son appartement a également été visité. On a effacé des fichiers sur l'ordinateur de son domicile qui a

été fouillé et entièrement retourné le soir où elle est morte. Où elle est censée mourir.

Il est fait référence à un article du 27 mai, que nous n'avons pas. Andrew Baltos a disparu avant que la police puisse le mettre en garde à vue, ils pensent qu'il a quitté le pays avec un faux passeport.

– Ça, c'est nul, commente Ethan tandis que je lui fais la lecture.

– Drôle de type, dis-je en levant les yeux du journal. Il n'est pas américain, ils ne connaissent pas son vrai nom, ils n'ont aucune idée de la façon dont il est arrivé ici... sans doute illégalement.

– Peut-être est-ce bien le scénario qu'on avait imaginé, finalement, intervient Ethan. Baltos voulait la tuer – veut la tuer – pour ses recherches, ou celles qu'elle va faire dans le futur. Et c'est exactement pour ça qu'on doit la sauver.

– Mais comment pourrait-il être au courant de ce qu'elle va accomplir dans le futur ? Il n'a pas les informations dont on dispose. Il ne peut pas savoir qu'il s'agit de la bifurcation.

Ethan contemple sa photo.

– Tu en es sûre ?

– Certaine, il ne faisait pas partie de l'immigration.

– Qu'est-ce que tu en sais ?

– Parce qu'il est dans le journal. Ces articles ont été écrits et imprimés avant notre arrivée.

– Ah oui, c'est vrai !

Ethan secoue la tête comme pour remettre de l'ordre dans ses pensées.

– Cependant, il peut être à l'origine de la

bifurcation sans le savoir, je pense, dis-je. Il devait se douter qu'elle allait découvrir quelque chose. Voulait-il voler ses recherches ? Se les approprier ?

Ethan réfléchit.

– Eh bien, si c'est le cas, il n'en a pas fait grand-chose. D'après ce que m'a raconté Ben Kenobi, le changement climatique va faire du futur un enfer. Je n'ai pas l'impression que le monde ait bénéficié de ses découvertes sur l'énergie houlomotrice sans émission de gaz carbonique.

– Non, en effet. Pas du tout, même.

– Peut-être travaille-t-il comme espion au service d'une compagnie pétrolière ? Tu sais, un magnat du pétrole désireux d'étouffer une nouvelle technologie qui risquerait de le mettre sur la paille. J'ai déjà lu ce genre d'histoire... ou vu dans un film, je ne sais plus.

Je fixe mes orteils, perdue dans mes pensées.

– C'est une théorie intéressante. Mais difficile à prouver.

Ethan hausse les épaules.

– Dommage qu'on ne puisse pas faire de recherches Internet sur le futur proche. Franchement, ça va arriver dans deux jours...

J'éclate de rire.

– Ouais, c'est nul, le web, finalement ! On ne peut même pas regarder ce qui va arriver demain. Tu parles d'une source d'infos sans limites !

Nous laissons les journaux dans la voiture pour élaborer une stratégie en marchant au bord de l'eau. Nous nous trempons les pieds dans les vagues glacées tout en discutant de notre « super plan d'attaque », comme dit Ethan.

Mais une fois que le fameux plan est échafaudé, nous nous rendons vite compte que la mer, c'est mieux quand on a un maillot de bain.

Sans le dire, nous avons l'impression que si demain est un jour capital – un jour où nous sommes censés changer le monde, rien que ça –, finalement, aujourd'hui est un grand jour aussi. Un instant volé, rien qu'à nous, avant de nous atteler à notre mission.

Suivant l'impulsion d'Ethan, nous quittons donc Long Island pour traverser Brooklyn, puis Staten Island, et roulons pendant une heure et demie le long de la côte du New Jersey jusqu'à un grand hôtel tout rose, au bord d'une plage bondée.

Il n'est pas particulièrement beau ni luxueux. C'est un immeuble de bord de mer typique des années 1970, tout en stuc, avec plein de balcons. Mais bizarrement, c'est pile ce que nous recherchons. Comme je n'ose pas me présenter à la réception, Ethan part d'un pas décidé et revient cinq minutes plus tard, l'air piteux.

– Il ne reste plus qu'une chambre libre, avec un lit deux personnes et un canapé-lit, un truc comme ça. Je prendrai le canapé, OK ? Ça t'ennuie ?

La situation est tellement délicate qu'il n'arrive pas à blaguer comme d'habitude.

– Non, c'est bon.

Notre chambre est au septième étage, avec « vue mer partielle » – ce qui signifie que, perché sur le petit balcon, en se tordant le cou vers la droite, on aperçoit un petit triangle bleu. On voit surtout le parking et une crêperie, mais je n'aurais pu imaginer mieux, même dans mes rêves les plus fous.

En une journée, je suis passée du désespoir le plus profond, emprisonnée dans un sous-sol sinistre, au bonheur presque parfait, juste en face d'une crêperie, en compagnie de quelqu'un dont je crois bien être amoureuse! C'est tellement bon, tellement incroyable de savoir que personne ne surveille ce que je fais, ne voit ce que je vois, n'écoute ce que je dis.

Pour une fois.

Histoire de calmer un peu ma joie, je pense à Katherine. J'aimerais tant qu'elle puisse goûter à cette liberté, elle aussi.

Dans la chambre, deux des murs sont blancs et deux turquoise. Le couvre-lit à fleurs est dans une étrange matière plastifiée et le canapé doit être terriblement inconfortable, mais la pièce est lumineuse et propre. Je vais jeter un coup d'œil dans la salle de bains. Je m'émerveille devant les petits savons et les mini-bouteilles de shampooing.

J'ai envie de crier: «Vous imaginez le bonheur? Je vois! Je peux dire ce que je pense! Je peux utiliser un shampooing et mettre l'autre dans mon sac!»

Soudain, le futur s'éclaire. Tout est ouvert. Personne ne sait ce qui va se produire!

Ethan pose le sac sur le canapé et l'ouvre. Il y a un coffre-fort dans le placard. Il y range l'argent et les journaux puis me tend une petite liasse de billets en me confiant la combinaison.

– Il nous faut des vêtements de rechange, annonce-t-il. Tu schlingues.

Devant mon air horrifié, il reprend:

– Je plaisante, Penny.

Il pouffe.

– Tu ne pues absolument pas, ou presque pas, tout du moins.

Je porte toujours le débardeur et le bas de jogging que j'avais mis pour aller me coucher il y a deux jours. Je réplique :

– Ton hygiène n'est pas irréprochable non plus !

C'était plus facile de plaisanter lorsque l'affaire la plus sérieuse entre nous était un jeu de pendu.

– Allez, viens ! s'exclame-t-il. Séance shopping : il y a des boutiques sur le front de mer.

J'hésite.

Ça risque d'être gênant. Je ne sais pas trop quoi penser. Même s'il ne peut pas être mon petit ami, difficile de nier l'attraction mutuelle entre nous. Que je contemple ses yeux, sa bouche ou ses mains, ce n'est absolument pas neutre… Pourtant, je ne peux pas le laisser espérer. J'ai remarqué comme il me regarde surtout quand il croit que je ne le vois pas.

– OK, dis-je finalement.

Je me lave le visage, regrettant de ne pas pouvoir me brosser les dents avant de partir en balade.

J'achète quelques produits de toilette dans une parapharmacie d'une blancheur immaculée. Ethan me suit tandis que je choisis une brosse à dents, du dentifrice et une brosse à cheveux en plastique rose. Dans le fond de mon cerveau, j'ai toujours les mêmes réflexes. Je me demande si je m'y prends bien, si les gens normaux achètent ce que j'ai pris, si je risque de me trahir…

Une petite voix intérieure me répond : « Il SAIT ! Il le sait depuis le début. »

Ethan s'engouffre dans une allée, j'en profite pour acheter un lot de trois culottes en coton et un rasoir. Quelle blague de penser à me raser les jambes dans un moment pareil, et pourtant... Il me retrouve à la caisse, brandissant triomphalement une paire de tongs orange fluo, un téléphone pour remplacer celui que j'ai cassé et un jeu de cartes.

Nous nous arrêtons ensuite dans une boutique qui vend des millions de lunettes de soleil et des montagnes de maillots de bain. Je suis mal à l'aise. Ça me gêne déjà de faire des courses avec moi-même, alors avec un garçon de dix-huit ans sur les talons...

Ethan tente de réchauffer l'atmosphère en passant un monstrueux T-shirt à franges avec un immense soleil dans le dos.

Je glousse.

– Ah bon? T'aimes pas? fait-il, feignant la surprise.

Je prends un paréo orange, un short en jean, un débardeur blanc, un sweat gris, un chapeau de paille et un maillot. On est riches, non?

Ethan est en train de se regarder dans le miroir avec d'énormes lunettes en plastique blanc quand je pose ma pile sur le comptoir.

– Et voilà!
– Tu n'essaies pas? fait-il, déçu.
– Pas besoin.

Ethan déplie le paréo, l'air perplexe.

– Qu'est-ce que tu vas faire avec ce truc?
– Ça s'enroule autour de la taille.
– Fais voir.

Je lui attache façon jupe autour des hanches.

— Je voulais dire sur toi ! ronchonne-t-il.

Une vendeuse d'une cinquantaine d'années, cuite par le soleil, désigne le maillot sur la pile.

— On n'échange pas, miss. Ça taille grand. Vaut mieux essayer.

Je lance un regard noir à Ethan qui me toise d'un air goguenard. Comme si la vendeuse était de mèche avec lui. Il hausse les épaules, tout innocent.

Je prends le maillot et me dirige vers la cabine en traînant les pieds.

La belle affaire. De toute façon, il va bientôt me voir en maillot, non ? J'essaie de fermer la cabine du mieux que je peux, le feu aux joues. Pourquoi mettent-ils toujours des rideaux aussi petits, ça laisse deux gros trous de chaque côté !

Je me déshabille en vitesse avant d'enfiler le bas de maillot. Le plastique de protection crisse dès que je fais un pas. Le haut a un lien dans le cou et un gros anneau en écaille entre les seins. Évidemment, il n'y a pas de miroir. Il faut sortir pour se regarder dans la glace entre les deux cabines.

Ai-je vraiment besoin de voir à quoi je ressemble ? Avec Ethan qui me reluque ? Nan, c'est bon.

— Comment ça va ? me demande la vendeuse.

— Très bien, très bien.

— Bah alors, venez nous montrer ! ordonne-t-elle de sa voix tonitruante. On voit rien, là-dedans.

Je baisse les yeux. Ma peau est bleuâtre, toute marbrée. Ravissant.

Nous sommes dans une ville de bord de mer. Les gens d'ici vont sans doute au restaurant ou même à la messe encore plus dévêtus que moi.

Ils ont l'habitude de tout montrer, aussi bien physiquement qu'émotionnellement ; moi, j'ai l'habitude de tout cacher.

Je sors de la cabine, en faisant un effort surhumain pour ne pas me recroqueviller.

– Superbe ! s'écrie la vendeuse.

Quel cauchemar ! Elle tourne autour de moi pour m'examiner sous toutes les coutures.

– Vous avez vraiment une ligne de rêve ! braille-t-elle.

Je serre les dents pour ne pas hurler.

Je jette un coup d'œil désespéré à Ethan, du style «non mais qu'est-ce qu'il ne faut pas entendre !», sauf que ses joues sont légèrement plus rosées que d'habitude.

Nous sortons du magasin avec un sac plein, y compris le T-shirt à franges et les lunettes blanches géantes.

Ethan jubile et je ne peux m'empêcher de sourire.

– Jamais je ne m'étais autant amusée en faisant du shopping !

Nous trouvons un café qui sert des hamburgers et des milk-shakes sur la plage. Puis nous enlevons nos chaussures pour approcher du bord. Je roule mon jogging jusqu'aux genoux, Ethan remonte son pantalon et nous entrons dans l'eau.

Elle est bonne, transparente, le soleil la traverse. J'enfonce mes doigts de pied dans le sable fin en m'efforçant de ne penser à rien d'autre que cette sensation délicieuse dans les terminaisons nerveuses de mes orteils.

Ethan me prend la main. C'est la première fois qu'il fait ça « gratuitement » – pas pour me tirer d'un mauvais pas ou me réconforter dans une situation délicate. Cette fois, il me tient la main juste pour le plaisir.

La sensation délicieuse se propage des terminaisons nerveuses de mes doigts à mes mains, mes bras, tous les endroits où ma peau frôle la sienne. Je l'attire un peu plus loin. Je me fiche de mouiller mon pantalon. C'est tellement bon. De toute façon, j'ai une tenue de rechange, maintenant.

Nous avançons dans l'eau jusqu'à la taille. Nos vêtements trempés pèsent une tonne, mais j'ai l'impression que jamais mon cœur n'a été ou ne sera aussi léger.

Lorsqu'une vague un peu forte fonce sur nous, je crie, il rit, nous plongeons dedans. Nous ressortons en toussant et en pouffant.

Un peu plus loin, nous nous laissons juste flotter tranquillement. Je sais qu'il y a des choses affreuses sous l'eau, avec des dents acérées et des tentacules piquants, mais je n'ai pas peur. La surface de l'eau est bien trop lisse et placide pour que je puisse y croire à ce moment précis.

Finalement, nous nous traînons, dégoulinants, jusqu'à la plage pour nous laisser tomber sur le sable. Nous restons étendus là un long moment, à sécher au soleil.

Il se redresse sur un coude et se penche vers moi. Ses doigts parcourent mon bras. Il remonte mon débardeur mouillé sur mes côtes pour découvrir de nouvelles parties de mon corps. Il passe la main sur mes hanches et mon nombril.

Je m'efforce de continuer à respirer normalement.

– Ce sera plus dur quand on devra s'arrêter.

– C'est déjà trop dur, murmure-t-il.

Il s'assied. J'admire son dos musclé, au-dessus de son pantalon kaki. J'ai toujours voulu lui demander d'où il le sortait, mais je n'ai jamais osé. Poser une question, c'est inviter l'autre à répondre par une autre question, et ça, je ne pouvais pas me le permettre. Pourtant, j'en ai tant à lui poser…

Je m'assieds également. Je brave tant d'interdits que j'ai du mal à aligner ces quelques mots :

– Il vient d'où, ce pantalon ?

Il est aussi surpris que moi, on dirait.

– Quoi ?

– Ce pantalon, tu le mets sans arrêt…

– Eh bien…

Il baisse les yeux pour le contempler. Il n'a jamais paru gêné mais, brusquement, il hésite un peu.

– Mon grand-père était dans l'armée irlandaise dans les années 1930 et 1940. Il était à lui.

– Ah, oui.

– Ouais. J'ai aussi son insigne. Son père, mon arrière-grand-père, a fait la guerre d'indépendance irlandaise. Il y a perdu un bras. Mon père a ses médailles quelque part à la maison.

Je hoche la tête.

– Et lui ?

– Il est comptable chez Ernst and Young, répondit-il avec une petite grimace.

– Ta mère est designer, c'est ça ?

Je commence à prendre le truc, je pose mes questions sans compter.

– Ouais… Sa famille a une histoire assez étonnante aussi.

– Comment ça ?

Il lève son visage vers le soleil.

– Son père était un Juif hongrois. Avec sa femme, ils ont été envoyés en camp de concentration en 1944. Mon grand-père s'est évadé début 45. Il a voulu sauver sa femme, mais elle était déjà morte. Il a traversé l'Europe à pied, campant en forêt, remontant les rivières, tout ça jusqu'à Paris. Ensuite, il a participé à la Résistance jusqu'à la fin de la guerre avant de venir s'installer ici.

– C'est triste.

– Oui, mais il a survécu, quand même. Il s'est remarié – avec ma grand-mère –, il a monté sa boîte, il a eu des enfants, des petits-enfants.

– Ça n'efface pas ce qu'il a traversé.

– Non. Il a son matricule tatoué sur le bras pour le lui rappeler.

Je m'entends soupirer. J'écoute le bruit des vagues, sans doute celui que je préfère au monde.

– Merci, Ethan.

Il roule sur le côté.

– De quoi ?

– De me laisser te bombarder de questions. Elles me trottaient dans la tête depuis si longtemps.

– À ta disposition, répond-il.

Je lui tends la main, il la serre dans la sienne. Puis il se remet sur le dos, posant nos deux mains sur sa poitrine. Je ne pense plus à rien, bercée par le va-et-vient de sa respiration.

Allongée là, dans le sable, j'imagine ce qu'est

le bonheur. Pas une joie intense, trépidante, mais un bonheur complet, clair et sombre à la fois, une sensation presque douloureuse. Un prisme à travers lequel je peux contempler le monde entier. Que je peux étendre à d'autres lieux, à d'autres moments de la journée. Emporter dans ma poche comme une paire de jumelles, pour le sortir quand je veux, regarder au travers et me rappeler à tout instant que ce bonheur existe.

CHAPITRE 15

Après déjeuner, nous attaquons la première phase de notre plan dans la chambre d'hôtel. Ethan appelle Mona Ghali en se faisant passer pour un technicien informatique indépendant employé par son laboratoire. Nous avons prévu le script à l'avance, durant le trajet en voiture.

– Mademoiselle Ghali?

Il hausse les sourcils, signe qu'elle a décroché. Il a pris une voix plus grave pour éviter qu'elle le reconnaisse. Si je n'étais pas aussi stressée, ça me ferait rire.

Il décline son faux nom avec un aplomb incroyable. Je l'encourage en levant le pouce.

– Le serveur du laboratoire a été la cible de plusieurs tentatives de piratage, explique-t-il. Nous demandons donc à tous les utilisateurs de sauvegarder leurs fichiers et de déplacer les documents les plus confidentiels vers un autre serveur.

Ethan a un sang-froid du tonnerre. Je n'entends pas ce qu'elle dit, mais il ne paraît pas paniqué ni troublé par ses réponses.

Il lui fournit les coordonnées du nouveau serveur. L'adresse a l'apparence d'un serveur hébergé par son département de recherche au MIT, pour qu'elle soit en confiance. En réalité, Ethan a tout programmé pour que ça aille sur un compte qu'il a ouvert.

Il me jette un regard rassurant, ça a l'air de fonctionner.

– Surtout, n'oubliez pas de faire de même à partir de votre ordinateur personnel, chez vous, lui rappelle-t-il avant de raccrocher.

Trois quarts d'heure plus tard, j'appelle Mona Ghali de notre second téléphone en me présentant comme une secrétaire des ressources humaines.

– Vous êtes sûrement au courant que nous avons quelques soucis de sécurité. Avez-vous eu M. Bonning de l'informatique au téléphone ?

Elle me le confirme. J'ai l'impression qu'elle ne veut pas rester en ligne plus longtemps que le strict nécessaire, je la comprends. J'essaie de ne pas trop réfléchir, de ne pas paniquer en pensant à ce qui l'attend demain.

– Eh bien, nous nous sommes aperçus que certains dossiers papier avaient disparu de nos bureaux de Braintree et nous avions peur que ce ne soit pareil chez vous, dans le New Jersey.

– C'est très ennuyeux, répond Mona Ghali. Je n'en ai pas entendu parler, pour l'instant.

Suivant la procédure que nous avons mise au point avec Ethan, je lui recommande alors de verrouiller ses armoires et classeurs.

– D'accord, je n'ai pas l'habitude de les fermer à clé, mais je le ferai à compter d'aujourd'hui, assure-t-elle.

Même lorsque j'ai raccroché, mon cœur bat à tout rompre pendant cinq bonnes minutes.

L'après-midi, Ethan et moi, nous achetons un petit parasol, enfilons nos maillots – dans son cas, le short de surf qu'il a eu la bonne idée d'emporter –, piquons deux serviettes à l'hôtel et filons à la plage. Nous nous installons tout au bord de l'eau, si près qu'une vague nous surprend en nous léchant les pieds.

Nous jouons aux cartes tout en peaufinant notre stratégie pour le lendemain. D'abord, Ethan m'apprend un nouveau jeu, puis nous enchaînons les parties jusqu'à ce que je le batte. Il considère alors que j'ai bien compris les règles et passe à un autre jeu. Comme il n'aime pas perdre, nous allons assez vite sur le huit américain, la pêche, le menteur. Il me faut cinq parties pour le battre au spit ; du coup, je savoure encore plus ma victoire lorsque j'y parviens. J'encaisse plusieurs défaites douloureuses au pouilleux massacreur mais, dès que je gagne, je ne me prive pas de le faire souffrir à son tour !

Ethan se prend pour un surdoué au gin-rami, si bien que, quand je le bats dès la deuxième partie, il est tellement furieux et incrédule qu'il insiste pour rejouer encore et encore, frémissant de rage à chaque défaite que je lui inflige.

– Je crois que je préfère les jeux de stratégie aux jeux de hasard, dis-je.

– Tais-toi ! réplique-t-il.

Il secoue la tête.

– Misère ! J'ai créé un monstre !

Comme il est trop dépité pour m'apprendre à jouer à la dame de pique, nous allons piquer une tête à la place. Les vagues sont de plus en plus grosses et je ne nage pas très bien. D'où je viens, on ne se baigne pas pour le plaisir. Pour une multitude de raisons. Quand j'ai pour la première fois trempé mes pieds dans une piscine, c'était chez un voisin et j'avais douze ans. Mais comme je ne veux pas passer pour une poule mouillée, je suis Ethan vers le large.

Une vague me prend par surprise, m'arrachant presque mon bas de maillot. Je tourne le dos à Ethan, et recule là où j'ai pied pour le remettre en place de sorte que les parties les plus cruciales de mon anatomie soient couvertes.

Si j'avais davantage d'expérience, je devrais me rendre compte que l'eau se retire derrière moi pour former un rouleau gigantesque. Lorsque je m'en aperçois, il est trop tard, il fond sur moi.

Il me frappe de plein fouet, me renverse, me fait tournoyer comme une chaussette dans le tambour d'une machine à laver. J'ai l'impression que ça dure une éternité.

Le sable me griffe le dos, puis la joue. Je n'ai plus aucun repère, je ne sais même plus où est la surface. Je suis en train de me dire que c'est vraiment bête, comme mort, de se noyer dans un mètre vingt d'eau quand quelqu'un m'agrippe par le bras et me tire vers le haut… et l'air, j'espère.

Je lève la tête vers mon sauveur, reprends appui sur le sable et emplis enfin mes poumons d'oxygène. Je tousse, crache et titube tandis qu'Ethan me ramène vers le bord.

Il secoue la tête, mais d'un air plus compatissant que réprobateur.

J'écarte les cheveux qui me collent au visage, tout en m'efforçant de reprendre mon souffle.

Nous avons de l'eau jusqu'aux chevilles. Ethan

me prend par la taille, se penche vers moi et embrasse mes lèvres salées.

Et c'est tout.

Il me relâche. Nous sortons de l'eau pour retourner sous notre parasol.

Par chance, mon maillot est plus ou moins resté en place. Je le rajuste. J'effleure ma joue râpée, je frotte mes mains égratignées. Je sens encore son baiser sur mes lèvres. Je ne sais pas quoi faire.

– Qu'est-ce qu'il y a? me demande-t-il en me toisant pour voir si je suis blessée, me mettant au défi de lui faire regretter ce baiser.

Non, je ne peux pas.

– J'ai mal partout.

Le soir, dans notre chambre d'hôtel, allongée sur le dessus-de-lit plastifié, je fais des recherches sur l'ordinateur portable tout en contemplant la lumière rose du soleil couchant. Je voudrais que cette journée ne finisse jamais. Ethan est juste à côté de moi, en train de relire les journaux des jours prochains.

J'ai passé longtemps sur les pages web consacrées à Mona Ghali, à prendre des notes pour demain. Ethan est ami avec elle sur Facebook, ça facilite les choses.

Je ne peux m'empêcher de remarquer qu'il a des centaines d'amis qui postent des commentaires légers et joyeux. Et je ne peux m'empêcher de penser: «Qu'est-ce qu'il fabrique avec moi? Pourquoi abandonnerait-il ses copains pour cette mission délirante?»

Le menton dans la main, je me tourne vers lui.

– Qu'est-ce que tu manques en étant ici, avec moi ?

Il lève les yeux de son journal, hausse les sourcils.

– Ce que je manque ? Rien.

Je penche la tête sur le côté.

– Tu as une vie. Des tas d'amis. Tu es normal. Qu'est-ce que tu serais en train de faire si tu n'étais pas ici ?

– Eh bien… voyons…

Je vois bien à sa tête qu'il me taquine.

– Ce soir, ma mère reçoit ses amies du club littéraire. Je manque donc huit femmes d'âge mûr qui sirotent du vin blanc.

– C'est vrai ? je pouffe.

– Je manque une soirée en tête à tête avec mon père, qui commanderait des nouilles sautées et me proposerait de regarder un film d'hommes, bourré de testostérone, avec lui.

– Et tu dirais oui ?

– Peut-être. Sinon Jamie Webb m'avait invité à un match des Yankees. Et je crois que Véronique Lasser fait une soirée.

D'un ton envieux, je murmure :

– C'est cool.

Il hausse les épaules.

– Je préfère les Mets et les soirées de Véronique sont toujours ratées.

Il tend le bras pour prendre mon pied nu dans sa main.

– Tu sais où j'ai envie d'être ce soir ?

– Où ça ?

– Ici.

– Ah oui ?

– Nulle part ailleurs.

– Vraiment ?
– Vraiment.
– Moi aussi.

Nous nous remettons au travail.

J'ai beau taper Andrew Baltos dans tous les moteurs de recherche, je ne trouve rien de rien. Il est doué pour effacer ses traces. Finalement, je vais prendre le classeur rouge dans le coffre-fort. Ethan est encore plongé dans sa lecture. Je frôle son genou du bout de mon orteil. Comme ça, pour rien.

– Ne me cherche pas, Jamie ! menace-t-il sans pour autant lever le nez de son journal.

– Oups. Désolée. C'est vrai, boulot boulot.

Malgré tout, il glisse la main dans mon dos, sous mon T-shirt. On joue avec le feu.

D'abord, je vais sur la page Facebook de Teresa Hunt. Elle n'a pas été mise à jour depuis plusieurs mois. Je me demande si elle va bien. Je surfe sans but, dans ses albums photo. Elle pose avec son fils, qui a le bon âge pour être Jason Hunt.

– Tu as trouvé quelque chose ? me demande Ethan.

– Pas encore. Je ne sais pas vraiment ce que je cherche. Et toi ?

– Juste de quoi me faire peur, essentiellement.

Je trouve les photos de l'époque où Jason était encore bébé. Teresa paraissait jeune et heureuse. Je remonte plus loin encore et, soudain, je me fige. Retenant mon souffle, je clique sur une image. Je ne suis pas sûre de pouvoir me fier vraiment à mes yeux, encore. Je passe le portable à Ethan.

— L'homme qui est à côté d'elle, il te fait penser à qui ?

Il étudie longuement la photo.

— Tu crois que c'est Andrew Baltos ?

Mon cœur s'emballe.

— Pas toi ?

Il la regarde à nouveau. Fouille dans le dossier.

— Il y en a une autre de lui. Elle est taguée. Il n'y a qu'un prénom : Andrew.

— Je suis presque sûre que c'est lui.

— Et elle, c'est qui ?

— La première fiche du classeur rouge, où est noté « Patiente n° 1 ? ». Je suppose que mon père a essayé de retrouver les premiers cas de ce qui est devenu la peste du sang. Mais je ne vois pas le rapport avec Andrew Baltos.

Ethan continue à surfer dans les albums.

— Ils sortaient ensemble, on dirait.

— Ah oui, effectivement. Waouh.

Vu leur pose sur cette photo, il n'y a plus aucun doute possible.

— Qu'est-ce qu'on peut en déduire ? Peut-être qu'elle a transmis la maladie à Baltos ?

J'essaie de reconstituer l'enchaînement des événements. Au début, le virus avait une phase d'incubation beaucoup plus longue.

— Mais quel est le lien avec Mona Ghali ? Est-ce qu'elle l'aurait attrapé aussi ? Et ce serait pour ça qu'il voudrait la tuer ? Je pensais que c'était à cause de ses recherches sur l'énergie, vu qu'il a volé ses dossiers...

— Pourtant, ça ne peut pas être une coïncidence, si ?

— Non... Je ne sais pas.

Je m'affale sur le lit, c'est épuisant.
– Je ne pense pas.
– Peut-être que ton père était parti dans ce sens-là.
– Mais je ne crois pas qu'il ait découvert le lien avec l'assassinat de Mona Ghali.
– Alors on progresse, non ?
– Si...

Je pousse l'ordinateur pour m'allonger sur le dos, le visage enfoui dans mes mains.
– Mais vers quoi... j'aimerais bien qu'on me le dise.

Ethan roule sur moi. À rester l'un à côté de l'autre sur un lit comme ça, ça devait arriver. Je l'enlace. Je sens ses épaules, son dos.
– Tu crois que c'est une bonne idée ? dis-je d'une petite voix, un peu étouffée.
– Oui.

Il prend appui sur un coude pour éviter de m'écraser complètement.
– C'est une excellente idée.

Il se penche vers moi et m'embrasse longuement. J'en ai tellement envie que ça m'effraie. Je le repousse. Je me redresse.
– Non, Ethan. Il ne faut pas.

Il se redresse également.
– J'aimerais bien que tu m'expliques un truc. Comment peux-tu croire un seul mot de ce qu'ils t'ont raconté ? Pourquoi ce ne serait pas un mensonge de plus pour te faire peur, te couper du reste du monde ? Pourquoi ce serait plus vrai que le reste ?
– C'est peut-être un mensonge. J'y ai pensé.

Je pose la main sur sa cuisse.

– Mais si ce n'est pas le cas ? Je viens d'un endroit immonde alors que tu vis dans un monde merveilleux. On ne sait pas ce que j'ai pu rapporter de là-bas, je ne voudrais pas te mettre en danger. On est déjà allés trop loin.

Il s'agenouille au-dessus de moi, prend mon visage entre ses mains, et me regarde droit dans les yeux.

– Écoute, Prenna. Tu sais depuis combien de temps je suis amoureux de toi ? Je ne vois pas comment sortir avec toi pourrait me faire le moindre mal. Je n'y crois pas.

– Mais... et si...

– Tu veux savoir la vérité ?

– Quoi ?

– Si je pouvais te faire l'amour, là, maintenant, alors ça me serait égal de mourir juste après.

J'ai les larmes aux yeux, mais je souris.

– Ben moi, ça ne me serait pas égal. Pas du tout.

Nous dînons dans un restaurant mexicain, en terrasse, sous la lumière féerique des guirlandes clignotantes. Dégainant une fausse carte d'identité, Ethan va chercher un pichet de sangria.

Nous sommes en train d'engloutir avec appétit nos enchiladas quand un moustique se pose sur son bras. Sans réfléchir, je l'écrase avec une rage démoniaque.

Ethan me dévisage, stupéfait et un peu effaré.

– Désolée.

J'ai la tête qui tourne. Finalement, la sangria, ce n'était peut-être pas une bonne idée. J'étais déjà trop à fleur de peau ce soir. Contemplant le petit tas écrabouillé dans ma paume, je commente :

— Je l'ai eu.

Il écarquille les yeux.

— Ça, c'est sûr. J'espère juste que je n'ai pas le bras cassé.

Je me lève, posant ma serviette sur la table.

— Je reviens tout de suite.

Je vais aux toilettes pour effacer toute trace de la vile créature. Je me lave scrupuleusement les mains avec du savon.

J'aperçois mon reflet dans le miroir. J'ai les larmes aux yeux. Je me sens complètement chavirée. Qu'est-ce que j'espère ? Être heureuse ? Amoureuse ? Parce que je m'imagine savoir ce que c'est ?

De retour à ma place, j'essaie de me recomposer un visage de joyeuse touriste au bord de la mer, mais en vain.

— Ça va ? s'inquiète Ethan en me scrutant pour lire en moi, comme d'habitude.

— Oui, oui... désolée pour ton bras.

— C'est le moustique ?

Je pose mes deux coudes sur la table, la tête dans les mains. Mon assiette, qui me mettait l'eau à la bouche cinq minutes plus tôt, me donne la nausée.

— Oui, entre autres.

Il ne me bombarde pas de questions. Il attend de voir ce que je suis prête à lui livrer.

Sûrement beaucoup parce que les mots se bousculent sur mes lèvres :

— J'avais deux petits frères. Ils sont morts de la peste. Julius avait deux ans de moins que moi.

On était si proches. Il n'avait pas sept ans quand la maladie l'a emporté. Quant au plus jeune, Remus, ce n'était qu'un bébé.

Ethan me prend la main.

— Il n'avait même pas de nom, officiellement. Au pire de l'épidémie, les gens ont arrêté de donner des noms à leurs enfants parce qu'ils mouraient en masse. Mais mon père a tenu à nous fabriquer un acte de naissance, avec notre nom et notre prénom. Et il a continué à les appeler ainsi, même après leur mort.

— Pas ta mère ?

Je secoue la tête.

— Depuis qu'on est arrivés ici, ma mère a dû parler d'eux deux ou trois fois tout au plus et jamais en prononçant leur prénom. Je la comprends. Elle a eu le cœur brisé.

Ethan est bouleversé. Je vois sur son visage l'expression qui doit se peindre sur le mien.

— Quand j'ai remarqué le bouton rouge sur la joue de Remus, j'étais terrorisée. La peste avait emporté les frères, les sœurs, les parents de beaucoup de mes amis, mais elle n'avait pas encore frappé à notre porte. Personne n'a vu le moustique qui a piqué Remus. Il y avait des moustiquaires partout, on passait nos vies en dessous. Le climat était beaucoup plus chaud et humide. Chaque malheur, chaque peur en ce monde, et il y en avait énormément, prenait la forme d'un moustique.

Je ferme les yeux. Une image me revient que je chasse de mon esprit.

— J'étais obsédée par ce point rouge, sur la joue du bébé. C'était peut-être un simple bouton, ou la piqûre d'une autre bestiole, disait ma mère. Mais le quatrième jour, les symptômes se sont déclarés, reconnaissables entre mille : fièvre, éruption cutanée, yeux rouges. Remus avait encore le sourire. Il ne se doutait pas de ce qui lui tombait dessus. Ça me tuait. Et on était complètement impuissants.

Il serre ma main dans la sienne.

Je suis surprise d'avoir des souvenirs si précis. J'imagine que la mémoire est un puits profond, on ignore ce qu'il contient tant qu'on n'a pas remonté le seau.

– Cela n'avait rien d'extraordinaire, c'est ça, le pire. Impossible de s'apitoyer sur son propre sort quand c'est pareil partout. Pas question de se laisser abattre quand tu ignores qui sera la prochaine victime, ton père, ta mère ou toi. Quand on regarde en arrière, on voit le tableau complet, le déroulement de la tragédie. Mais quand tu es en plein dedans, c'est la panique la plus totale et c'est tout. On ne savait pas si c'était le début, la fin. Si on allait mourir ou s'en sortir. On préférait ni l'un ni l'autre. J'ai un copain qui a perdu ses deux parents le même jour. Il est resté chez lui, par terre, entre les deux cadavres. Il ne savait pas quoi faire.

– Bon Dieu, murmure Ethan.

– Une fois que les symptômes étaient apparus, il ne fallait plus toucher les victimes. On était censé les mettre en quarantaine et ensuite se débarrasser du corps le plus vite possible. Parce que, avant d'être transmise par les moustiques, la maladie était déjà contagieuse d'homme à homme.

Je parle vite parce que, si je m'arrête, je ne suis pas sûre de pouvoir reprendre.

– Alors les gens ne voulaient plus sortir dans les lieux publics, se toucher ou prendre soin des malades. Notre voisin était médecin, l'un des rares à avoir survécu à la peste, visiblement immunisé. Il a pris le bébé dans sa cour, pour qu'il meure avec une dizaine d'autres. Mais je ne pouvais pas. Je ne supportais pas l'idée de le laisser partir avec un étranger. J'ai repris mon frère. Je devais avoir huit ou neuf ans. Je suis restée avec lui dans notre cour. Il est mort dans mes bras. Ça m'était égal de mourir moi aussi.

Le visage d'Ethan s'est décomposé, comme si ma peine était contagieuse.

– Mais tu ne l'as pas attrapée.

– Non. Notre pauvre voisin, en revanche, est mort le mois suivant. Moi, je crois que j'étais vraiment immunisée. La nuit où je suis restée dehors avec le bébé, je me suis fait piquer par un moustique. Je ne l'ai dit à personne. J'attendais simplement de mourir. Je le souhaitais peut-être. Mais je ne suis pas morte.

Ethan baisse les yeux, accablé de tristesse.

– Mon frère Julius, oui.

Je contemple le ciel, les étoiles, leur éclat affaibli par les lumières de la plage. Je ne peux pas en dire plus.

D'un geste impatient, j'essuie mes larmes.

– Quand je veux vraiment me torturer, je revois le sourire de Remus, le jour où il est tombé malade.

Ethan secoue la tête.

– Et pourquoi voudrais-tu te torturer ?

Je n'ai pas besoin de réfléchir à la réponse.

– Parce que je suis ici, et pas lui. Parce que j'ai survécu.

CHAPITRE 16

Je prends une douche brûlante. Je me brosse les dents en long, en large, en travers. J'essaie d'apprécier le plaisir simple d'avoir les cheveux propres et d'enfiler des vêtements neufs. Quand je sors de la salle de bains, enroulée dans ma serviette, Ethan me serre dans ses bras.

– C'est bon, je n'ai plus de sable dans les oreilles.

Il rit, mais je sens bien que le cœur n'y est pas. Mon histoire a vraiment cassé l'ambiance.

Il s'est installé un lit sur le canapé en laine qui gratte, avec un drap, un oreiller et une couverture.

– Il ne se déplie pas?
– Non, en fin de compte. Mais ce n'est pas grave! assure-t-il avec un enthousiasme forcé.

C'est un gros fauteuil plutôt qu'un vrai canapé. Je suis grande, et Ethan encore plus. Il va devoir se plier en deux pour tenir là-dessus.

Je contemple le vaste lit, ennuyée.

– Tu es sûr?
– Oui, t'inquiète.
– Il paraît que ça ne te dérange pas de dormir assis.

En riant, il file dans la salle de bains. Je l'entends se brosser les dents.

J'éteins le plafonnier. Je sors de ma serviette pour mettre un débardeur et une culotte propres. Je tire le dessus-de-lit plastifié afin de me glisser entre les draps bien frais. La tête sur l'oreiller, je me tourne vers la fenêtre pour tenter d'apercevoir, avec mes très bons yeux, notre «vue partielle mer».

Ethan sort de la salle de bains en boxer. Il éteint la dernière lampe et se contorsionne pour tenir sur le minuscule canapé.

Je suis étendue dans le noir, cherchant ce que je pourrais bien dire. Je me redresse sur un coude.

– Après l'histoire que je t'ai racontée ce soir, tu serais toujours prêt à partager mon lit?

Il se lève d'un bond.

– Plus que jamais.

Je soulève la couverture, il me rejoint sous les draps, m'enveloppant de ses bras, de ses jambes. Qu'on est bien comme ça. Je chuchote:

– Après l'histoire que je t'ai racontée ce soir, on va rester sages, Ethan Jarves.

– Aaargh. Alleeeez!

– Stop! Sinon tu retournes sur ton canapé.

– D'accord, fille sans cœur.

Petit à petit, je sens ses mains qui se faufilent sous mon débardeur. Je les attrape.

– Ethan! Si c'est ça être sages, alors être intimes, c'est quoi?

– J'allais justement te le montrer.

Je ne devrais pas rire.

– Retourne sur ton canapé.

– J'arrête, j'arrête.

Je me réveille aux premières lueurs du jour. J'essaie de faire durer cet instant le plus longtemps possible. Je me suis si souvent réveillée accablée par le fardeau de la tristesse et du deuil. Ce matin, je retrouve le plaisir et la joie. Je savoure. Les cheveux ébouriffés d'Ethan, son odeur, la chaleur de ses épaules piquetées de taches de rousseur, le poids de ses jambes mêlées aux miennes. Je ne veux pas laisser le moindre détail m'échapper.

Hélas, je suis obligée de me lever pour aller faire pipi. Je me dégage tout doucement de son étreinte. Par chance, il a le sommeil lourd et paisible. Je reste un moment assise au bord du lit à envier sa posture complètement abandonnée. C'est dur de ne pas le toucher, maintenant que je peux. Dur de séparer mon corps du sien.

Je vais dans la salle de bains puis, après m'être brossé les dents, je sors sans bruit les journaux du coffre et je m'installe en tailleur par terre devant la porte-fenêtre. Dans le journal daté de demain, je relis le premier article sur la mort de Mona Ghali, puis quelques autres – au sujet d'un accident de voiture à Ossining qui va tuer un père et ses deux enfants, puis une brève sur l'incendie d'une maison à Montclair.

J'envisage de chercher le numéro du conducteur d'Ossining pour l'appeler. Je ne peux pas lui dire ce que je sais, évidemment – il ne me croirait pas –, mais je pourrais inventer un truc pour l'empêcher de prendre sa voiture. Ou alors je ne l'appelle pas, je crève ses pneus ou je mets du sucre dans son réservoir. Je prends les choses en main.

Et les habitants de la maison qui va brûler ? Je pourrais envoyer un inspecteur du réseau électrique chez eux, prétextant que leur installation n'est pas aux normes. Ou je pourrais me faire passer pour un agent des assurances au téléphone et les pousser à remettre des piles dans leurs détecteurs d'incendie.

Ça y est, je me prends pour une super héroïne venue du futur...

Évidemment, je pense à la règle n° 4. L'une des plus importantes. Ce n'est pas celle que les conseillers nous rappellent le plus souvent, pourtant c'est celle qui s'impose d'elle-même le plus naturellement.

Je tourne la dernière page du journal, où la rubrique nécrologique figure en petits caractères. Parfois, il y a quelques lignes sur la personne décédée, parfois juste deux dates et le nom des autres membres de la famille. La plupart sont des personnes âgées, mortes de vieillesse ou de maladie, il n'y avait rien à faire. Mais les autres ?

C'est un pouvoir grisant, quand on y réfléchit, de sauver des gens de la mort, d'empêcher les drames, d'intervenir à un moment critique pour s'assurer que leur existence prend le bon chemin et pas le mauvais.

Et s'il y avait d'autres instants, à part la mort, où l'on pourrait faire pencher la balance du bon côté, éviter les échecs, le découragement. Sauf que ça ne figure pas dans le journal.

Je suis la liste du doigt jusqu'au plus jeune disparu, au bas de la page.

2 janvier 1996 – 17 mai 2014.

Mes yeux s'arrêtent sur ces deux dates. Un frisson me parcourt. Je continue à lire :

Ethan Patrick Jarves, fils bien-aimé.

Je relève la tête, complètement paniquée. Je sens ma vue, mon excellente vue se brouiller. Ce n'est pas possible.

Je me tourne vers le fils bien-aimé en question, l'ami bien-aimé, le bien-aimé bien-aimé, étalé sur le lit que nous avons partagé, aussi bronzé, fort et en bonne santé qu'un bien-aimé peut l'être.

Ce n'est pas possible.

Je baisse à nouveau les yeux vers la page, m'attendant à lire un texte différent, cette fois. Hélas, c'est le même :

Ethan Patrick Jarves, fils bien-aimé.
Regretté par ses parents et sa sœur.

Mes yeux vibrent dans leurs orbites. Mon cœur cogne comme s'il était prisonnier de ma cage thoracique.

Ethan marmonne dans son sommeil et sort une jambe des draps.

Je me lève d'un bond, le journal à la main. Je me rends dans la salle de bains pour passer un short, puis je quitte la chambre en silence. Je me dirige vers l'ascenseur. Je vois toujours flou.

Je sors de l'hôtel, prends le sentier qui mène à la plage. Je m'approche de l'eau. Il est tôt, la plage est presque déserte, à part les mouettes, se chamaillant à grands cris autour des poubelles qui débordent.

Je plie soigneusement le journal pour éviter qu'il ne s'envole. Je suis tentée d'essayer à nouveau, de l'ouvrir pour découvrir que le texte a changé et que le bien-aimé Ethan Patrick Jarves n'y figure pas.

Ce n'est pas la réalité. Ce n'est pas encore arrivé. C'est un futur possible, il y a une infinité d'autres possibilités. Ce ne sera pas le futur. Je n'y crois pas.

Pourtant, même si je n'y crois pas, ça tourne sans fin dans ma tête. Comment est-il censé mourir ? De quoi est-il censé mourir ? Est-ce lié à l'assassinat de Mona Ghali ? Parce que dans l'avenir que décrit ce journal, je ne suis pas encore là et mon père non plus. Il ne prend donc pas en compte la possibilité qu'Ethan et moi intervenions pour empêcher ce meurtre.

La version du futur dans laquelle Ethan meurt le 17 mai n'a rien à voir avec moi. Et Mona Ghali ? Il la connaît. Il est souvent allé dans son labo.

J'aimerais avoir plus de détails. Je n'ai pas d'autres journaux de demain pour croiser les informations. Je ne peux pas mener l'enquête sur une mort avant qu'elle ne survienne.

Je m'aperçois que je pleure. Les larmes roulent sur mes joues, tombent goutte à goutte sur le papier et le dos de ma main.

Ne pourrai-je donc jamais garder ceux que j'aime ?

Je fixe la mer depuis un long moment quand Ethan, le bien-aimé, me rejoint sur la plage. Mes larmes ont séché entre-temps.

– Tu t'es levée tôt, remarque-t-il d'un ton accusateur. Je n'aime pas me réveiller sans toi à mes côtés.

Il rit.

— Désolé, je me suis déjà habitué à toi.

Je me lève et je l'enlace audacieusement. En fait, ce n'est pas si audacieux, je veux juste éviter qu'il voie mon visage.

— J'ai préféré te laisser dormir.

Il m'embrasse dans le cou, derrière l'oreille et, pour me narguer, sur la bouche.

— Ai-je mentionné que j'étais en pleine forme ? dit-il, un peu essoufflé. Que je ne m'étais jamais senti aussi bien de toute ma vie ?

Je souris. Il faut que j'aie l'air heureuse.

— Je dis juste ça en passant, ajoute-t-il.

Chaque mot me vrille le cœur.

— À l'hôtel, il y a un buffet à volonté pour le petit déjeuner. On y va ?

Il dit ça comme si on avait gagné au loto.

— Ouais, d'accord, dis-je, tête baissée, craignant encore ce qu'il risque de lire sur mon visage.

Ce buffet le rend tellement euphorique que ma gorge se serre. Il prend quatre gaufres, deux beignets, un bol de céréales, un yaourt, une assiette de bacon et saucisses, un grand verre de lait et un jus d'orange.

— Henny, regarde ! Y a des mini-éclairs au chocolat ! me lance-t-il gaiement à travers le restaurant.

Je pose un éclair et quelques fruits sur mon plateau, sachant pertinemment que je suis incapable d'avaler quoi que ce soit.

L'endroit est presque vide. Nous nous asseyons à une petite table pour deux, près de la fenêtre, avec vue sur la mer. L'eau est d'une couleur incroyable, genre bain de bouche à la menthe.

— C'est le grand jour, déclare Ethan entre deux bouchées de gaufre.

Hier, j'étais tout excitée à cette pensée. Maintenant, j'ai un pieu dans le cœur.

— On devrait décoller juste après le petit déj' pour arriver à Teaneck en début d'après-midi.

Il embroche une saucisse.

— Et en attendant le soir, je vais t'apprendre à jouer à la dame de pique.

— Nous devons avoir nos priorités, dis-je.

— Tout à fait. Parce qu'une fois que tu maîtriseras ce jeu, tu seras prête.

— Je serai une vraie fille du début du XXIe siècle, c'est ça ?

J'ai envie de pleurer. Je ne veux pas être prête.

— Exactement, miss.

— Mais tu dois bien avoir d'autres trucs à m'apprendre. On n'en a pas encore fini.

Il arrête de mastiquer un instant pour me dévisager avec attention.

— Tu plaisantes ? Loin de là ! J'ai encore des milliards de choses à t'apprendre.

En le regardant vider pratiquement tout le buffet, avec sa trace de sauce sur le menton, je me fais une promesse.

Je ne vais pas le laisser mourir. Quoi qu'il arrive. Peu m'importent les autres versions du futur, à part celle dans laquelle j'interviens et où Ethan ne meurt pas parce que je ne le laisse pas mourir.

CHAPITRE 17

Ethan regarde la route et je regarde Ethan. Je n'ose pas le quitter des yeux. Il tourne brièvement la tête vers moi.

– Ça va ?

Devrais-je lui dire ? Je me tords les mains. Peut-être bien que oui, mais je ne peux pas. Prononcer ces mots tout haut leur donnerait un degré de réalité que je ne supporterais pas. Pour l'instant, c'est un concept qui n'existe qu'entre moi et une petite ligne imprimée sur un journal bientôt dépassé.

En plus, j'ignore comment il réagirait. Perdrait-il tout espoir, fataliste ? Ou au contraire chercherait-il tellement à l'éviter qu'il causerait son malheur malgré lui ?

Non, je ne peux pas le dire tout haut. Puisque je suis la seule à savoir et que je l'aime à en mourir, aujourd'hui, je serai son ange gardien.

Je m'efforce de ne plus le fixer. Mes yeux suivent le défilé de panneaux de sortie de la Garden State Parkway, décelant une étrange poésie dans les noms : Manahawkin, Forked River, Island Heights, Pleasant Plains, Asbury

Park, Neptune[1]. Prise d'une soudaine inspiration, je demande :

— Tu peux sortir ?
— Ici ?
— Oui.
— On va par là ?

Je lis tous les panneaux que nous croisons.

— Oui, je pense.
— Qu'est-ce qu'il y a par ici ? s'étonne Ethan.

Je m'agite sur mon siège.

— Je reconnais certains noms. Mais le paysage a changé, par contre.

Ethan s'arrête à un carrefour.

— On prend de quel côté ?

J'étudie les panneaux. Je me creuse la mémoire.

— À gauche... je crois.
— Alors à gauche si tu crois.

On parcourt un ou deux kilomètres... et ça me revient.

— Tourne à droite.
— D'accord...
— Maintenant, va tout droit.

Je suis à genoux sur le siège.

— Là-bas, tu vois ?
— L'école ?
— Oui, tu peux t'arrêter.

Ethan se gare juste devant. C'est samedi, il n'y a personne.

En descendant de la voiture, je murmure :

---

[1] NdT : ces noms sont poétiques soit par leurs sonorités, soit par ce qu'ils évoquent. *Forked River* : « Rivière fourchue », *Island Heights* : « Les Hauts-de-l'Île », *Pleasant Plains* : « Plaisantes Plaines ».

— C'est fou…

Ethan me suit au sommet d'une petite colline d'où l'on peut voir la cour de récréation qui s'étend derrière le bâtiment.

— Tu sais où on est ?
— Pas du tout.
— C'était l'école élémentaire de mon quartier. Avant, je veux dire. Avant qu'on émigre.

Ethan écarquille les yeux.
— C'est vrai ? Ici ?
— J'en suis presque sûre.

Les arbres de la cour sont en fleurs, le soleil caresse doucement nos têtes. Les souvenirs associés à l'école ont beau être angoissants, l'endroit en lui-même est rassurant, apaisant. Cela donne une sorte de continuité à ma vie que j'ai rarement l'occasion d'éprouver.

J'ai envie de rester là. Qu'est-ce qui pourrait bien arriver à Ethan ici, hein ? On passerait la journée sur la pelouse à regarder les nuages et les oiseaux. Aucun risque d'accident de la route ou de meurtre qui tourne mal. Je le serrerais dans mes bras jusqu'à ce qu'on soit demain.

— Tu allais dans cette école ? me demande-t-il en me prenant la main.
— Non, mais j'aurais dû. Je voulais. Elle a été fermée juste avant que j'entre au CP. Ils ont dit que c'était temporaire, mais elle n'a jamais rouvert.

Le seau replonge dans le puits profond de ma mémoire. Ce qui remonte me surprend chaque fois.

Ethan a son air intrigué, mais toujours prudent.
— Alors tu allais où ?

— Je ne suis jamais allée à l'école. C'est mon père qui me faisait les cours à la maison. Il prenait son rôle très au sérieux. Tu me taquines en me traitant de surdouée. En fait, j'avais juste un père prof qui n'avait pas d'école où enseigner, parce que les enfants n'avaient plus le droit de sortir.
— Ton père était un super prof.
J'acquiesce.
— Oui, n'empêche, je mourais d'envie d'aller à l'école. Dans les livres, tous les enfants y allaient. Alors je faisais semblant.
— Elle a fermé en quelle année ?
— La première épidémie a eu lieu en 2087. Il y avait eu des prémices, longtemps avant, mais on réussissait toujours à la contenir. C'est quand les moustiques s'en sont mêlés que c'est devenu l'enfer.
— 2087…
— Et je crois qu'ils ont fermé l'école durant la deuxième épidémie, en 91.
— Tu avais… cinq ans, c'est ça ?
— Ouais.
Il hausse les sourcils d'une façon comique.
— Tu sais que tu es un peu jeune pour moi.
Je m'esclaffe :
— Et toi, tu es plus vieux que ma grand-mère.
— Tu es née par ici ?
— Pas loin.
— C'était encore les États-Unis, à l'époque ?
— Oui, je ne suis pas une immigrée clandestine, enfin pas comme les autres en tout cas.
— Donc le pays tournait encore, au moins.
— Oui, tant bien que mal.

Il a l'air triste.

— Pas pire et pas mieux que les autres, en fait, si ça peut te consoler.

— Et quand es-tu partie ?

— On est partis en 2098 et arrivés en 2010.

— Pourquoi à ce moment-là ?

— Pourquoi en 2098 ? Parce que la technologie du voyage dans le temps était enfin fonctionnelle. Mon père m'a raconté que dans les années 70-80, on cherchait à tout prix un autre endroit où aller s'installer. Tout le monde était conscient que la planète allait très vite devenir inhabitable.

— J'imagine que, arrivé à un certain point, plus personne ne peut le nier.

— Quelques scientifiques ont soutenu l'inverse pendant très longtemps, et ils avaient beaucoup d'adeptes – des optimistes ou des cyniques, va savoir –, mais ils se sont ridiculisés à mesure que les problèmes empiraient.

Je m'écoute parler, comme si c'était une autre Prenna qui tenait cette conversation. Je crois que je comprends ce qu'elle essaie de faire. Si elle continue à parler ainsi, elle espère qu'Ethan ne remarquera pas que nous n'avons pas repris la route de Teaneck, New Jersey.

Alors, cette Prenna indépendante continue :

— Certains médecins et chercheurs tentaient d'apporter des solutions aux problèmes, mais la plupart savaient que c'était trop tard, et ils voulaient juste trouver un moyen de fuir cet enfer. Il y a eu différents projets pour coloniser la Lune, Mars, une station spatiale. De grands projets ambitieux… mais on manquait de temps. Il y avait des morts, trop de morts. Le seul plan qui fonctionnait était le plus simple : coloniser le passé.

– Le passage a été utilisé combien de fois ?

– Jusqu'à récemment, je t'aurais répondu une seule. En fait, mon père a dû l'emprunter aussi pour arriver ici.

– En 2010, tu veux dire ?

– Oui. Je n'ose même pas imaginer dans quel monde il vivait quand il est parti.

– Et il y a peut-être eu d'autres utilisateurs.

Je frissonne.

– C'est la légende du voyageur n° 1. Même si personne n'y croit.

– Qui est-ce ?

– Chacun de nous porte un numéro. De notre conseiller en chef, voyageur n° 2, en passant par ma mère ou moi, voyageur n° 971, jusqu'au plus jeune, Ashley Meyers, voyageur n° 996. Le voyageur n° 1 est censé avoir emprunté le passage et fait l'expérience du temps le premier. C'est un peu notre Moïse. C'est lui qui a établi nos douze règles.

– Et du coup, personne n'a utilisé son numéro ensuite.

– Non.

– Donc, ça veut dire qu'il est toujours quelque part par là.

– S'il existe vraiment et que tous les voyageurs soient arrivés en 2010, alors oui, forcément.

– J'aurais pu le voir dans les bois.

– J'en doute fortement. Je crois que c'est ce qu'on appelle une parabole. Ils ont inventé cette histoire pour légitimer les règles. Qu'on n'ait pas l'impression que c'était fabriqué de toutes pièces.

Nous contournons l'école pour voir la cour de récréation. J'y ai joué une ou deux fois avant que les jeux soient enlevés. Ils ne voulaient pas tenter les enfants et les inciter à sortir.

– Tu sais ce qui me surprend le plus ? dis-je alors que nous nous asseyons sur les balançoires.

– Quoi ?

– Que tout le monde soit au courant.

Ethan s'élance en donnant un coup de pied dans la terre.

– Comment ça ?

– Tout le monde sait pertinemment ce qui va arriver. Avant de venir ici, j'imaginais que les gens de la fin du XXe et du début du XXIe siècle ignoraient le mal qu'ils faisaient à la planète car, sinon, pourquoi auraient-ils continué ? Pourtant, ils sont au courant. Ils ne savent pas en détail ce qui va arriver, mais ils en ont déjà une bonne idée.

– C'est vrai, nous en sommes conscients.

– Dans les années 2080, on considérera que votre époque et celle d'après étaient l'âge d'or de la science. L'âge d'or de beaucoup de choses, d'ailleurs. Vous ne pouvez pas imaginer la nostalgie qu'on aura de votre époque ! La science est assez avancée pour prévoir ce qui va se produire dans un siècle. Et ce savoir n'est pas limité à une poignée de chercheurs. Non, vous êtes tous au courant. On le lit dans les journaux, on en entend parler aux infos pratiquement tous les jours. C'est l'alerte maximale.

– Tout le monde n'ignore pas la menace, quand même, fait valoir Ethan.

– Non, c'est vrai. Mais les gens d'ici ont une drôle de manière d'agir pour éviter le désastre. Ils organisent la Journée mondiale de la planète et achètent des produits bio pour se donner bonne conscience. Comme s'il suffisait de porter des chaussettes en chanvre et de dormir dans des draps en coton produits sans pesticide pour y changer quelque chose. En revanche, personne ne s'attaque au plus important. Parce que ça leur coûterait trop. Personne n'est prêt à faire les sacrifices nécessaires. Les hommes politiques n'en ont pas le courage. Un jour, ils seront bien obligés d'exiger ces sacrifices, ils n'auront plus le choix, mais ce jour-là, ce sera déjà trop tard.

Il paraît accablé.

— Alors, c'est maintenant que ça se joue ?

— C'est maintenant que ça se joue.

Il reste un long moment silencieux avant de demander :

— Vos dirigeants sont au courant et ils ne font rien ?

— Au contraire. Ils font tout pour nous empêcher d'agir. Tu as lu la lettre de mon père. Quand nous sommes arrivés ici, ils jouaient les pères fondateurs des États-Unis, déterminés et pleins d'audace. J'y ai cru, au début, mais ce n'était pas vrai. Tout ce qui les intéressait, c'était de garder le secret et de nous manipuler — ils ont créé des actes de naissance, des passeports, des relevés de banque, des histoires familiales. Même de vieilles photos de famille. Ils ont voulu effacer le souvenir de notre ancienne vie, mais ça n'a pas fonctionné. À part le voyage en lui-même et les un ou deux jours qui ont suivi, je me rappelle presque tout. Ensuite, ils nous ont reprogrammés pour notre nouvelle vie en nous faisant ingurgiter en deux ans tout ce que vous acquérez durant l'enfance. Mais ils ont eu beau s'appliquer, ils ont quand même oublié quelques détails.

Je me mordille les lèvres.

— Comme nous apprendre à jouer aux cartes, par exemple.

Ethan sourit et agite les jambes pour donner de l'élan à sa balançoire. Je l'imite. J'aimerais qu'on reste perchés là à se balancer toute la journée, peut-être même toute la vie – enfin, au moins jusqu'à minuit.

— Mais leur plus grosse erreur, c'est d'avoir oublié la liberté. Nous avions des secrets à garder, des scénarios à suivre, mais pas la moindre liberté. Je ne pense pas que Benjamin Franklin aurait approuvé.

— Non, pas vraiment.

— Au début, ils ont sans doute fait preuve d'un certain idéalisme, mais quand ils ont vu comme on était bien en sécurité ici, je pense que tous leurs idéaux se sont évaporés dans le confort. Ils ont fait de nous des parasites. Ils comptent trop sur le futur pour vouloir le changer.

— Malgré tout…

— Malgré tout.

Je hausse les épaules.

— Pendant longtemps, j'ai voulu leur faire confiance. Cette communauté était mon nouveau monde – j'y ai tous mes amis, tous mes proches. Ils appliquent les décisions des dirigeants, ou du moins, ils essaient. Moi, je ne peux plus. Ils sont aussi complaisants, égoïstes et étroits d'esprit que tous les autres. Et encore plus corrompus.

— Bon sang, c'est déprimant.

– Le truc, c'est que personne ne se projette vraiment dans l'avenir, pas vrai ? C'est comme imaginer sa propre mort.

Bien sûr, mes pensées me ramènent à cette minuscule ligne dans le journal de demain. Une autre mort en laquelle je ne veux pas, je ne peux pas croire.

Il se tait un instant avant de reprendre :

– Et ta mère, elle a toujours confiance en eux ?

– Elle ne se rebelle pas, en tout cas. Ça, c'est sûr. J'ignore si c'est parce qu'elle approuve ou juste parce qu'elle a peur.

– D'après toi, elle était au courant, pour ton père ?

– Je ne pense pas.

Je ferme les yeux.

– Je préfère vraiment me dire qu'elle ne savait rien.

J'effleure la longue chaîne rouillée du bout des doigts.

– Elle a traversé beaucoup d'épreuves. Il paraît qu'on en sort plus fort, plus sage. Hélas, j'ai l'impression que, le plus souvent, c'est le contraire, on est affaibli, on a peur de tout. Tout ce qu'elle veut, c'est qu'on survive encore une heure, encore un jour. Voilà.

– C'est affreux. Mais la plupart des gens ne voient sans doute pas plus loin que ça, soupire Ethan.

Je le dévisage, au bord des larmes. Il a raison. Je suis faible et j'ai peur. À cause de cette ligne dans le journal, je ne vois pas plus loin.

– Mais toi, tu es différente, parce que tu

connais la valeur de cette heure, de ce jour, déclare-t-il solennellement. Et désormais, moi aussi, je suis différent. Nous savons ce qui va se passer si nous ne faisons rien.

Je m'essuie le nez sur ma manche. Je voudrais être différente. Mais là, maintenant, j'ai juste peur.

Il ralentit pour me prendre la main et faire en sorte que nous nous balancions à l'unisson. C'est le roi de la cour de récréation.

Il arrête les balançoires et me soutient le temps que je retrouve l'équilibre. Puis il m'entraîne d'un pas décidé vers la voiture.

– Et aujourd'hui, justement, nous allons changer les choses.

Je sais qu'il a raison. Il faut qu'on continue.

– Il n'y avait rien de bien ? Rien de cool ? me demande-t-il entre Asbury Park et Freehold.

Je suis prête à lui raconter tout ce qu'il veut savoir. Il a muselé sa curiosité trop longtemps. J'aimerais juste avoir de meilleures nouvelles à lui annoncer.

Il me jette un regard.

– Tu n'es pas forcée de répondre tout de suite. Rien ne presse. Il faut que je garde des questions à te poser pour les quatre-vingts années à venir.

Ses mots me transpercent. J'avale ma salive pour faire passer la douleur.

– Si… j'ai entendu parler de quelques trucs cool, dis-je, la gorge tellement serrée que je peine à parler. Mais la plupart ne fonctionnaient plus très bien quand j'ai eu l'âge de m'en servir. Au début des années 2020, l'informatique s'était complètement affranchie des claviers, souris, écrans… Les images s'affichaient n'importe où, sur des supports aussi fins que du papier, aussi souples qu'un rideau ou simplement projetées dans les airs. On manipulait les données, les images avec les mains, les yeux, parfois même par la pensée.

Ethan hoche la tête avec enthousiasme.

– Je m'en doutais, je le sens venir.

– Un truc sympa, c'était l'appli qui permettait de disparaître. Je ne l'ai jamais vue à l'œuvre, mais j'ai lu ça dans des romans. Je pense qu'ils doivent être en ce moment même en train de fignoler la technologie. Des capteurs repéraient les contours de ton corps quand tu bougeais et projetaient une image de l'environnement sur toi pour que tu te fondes complètement dans le décor.

– J'ai lu un article là-dessus ! s'exclame Ethan. C'est drôle de t'entendre parler au passé des inventions du futur. Enfin, c'est bizarre, quoi.

– Je sais. J'ai toujours eu du mal avec la concordance des temps.

– Et quoi d'autre ?

– Eh bien… on a investi beaucoup d'argent et d'énergie pour développer des comprimés permettant aux gens de manger autant qu'ils voulaient sans grossir. La chirurgie plastique a fait des progrès incroyables, les patients pouvaient avoir un corps parfait et garder l'air jeune, même à soixante-dix ans. Il me semble que c'était assez glauque au final.

Ethan ne sourit plus.

– Quel gâchis. Et pendant ce temps-là, la planète se détériorait.

– Tous ces excès, ces folies ont dû cesser vers la fin des années 2040. Quelle ironie quand on sait que la nourriture a commencé à vraiment manquer dans les années 2050. La majorité des gens ne mangeaient plus à leur faim, même dans ce pays. Ils ne risquaient donc pas de grossir.

Ethan secoue la tête, atterré.

– C'est affreux.

Je revois Poppy me raconter tout ça, impassible, à la table de la cuisine. Je repense au vieil homme sous la table au centre social. Mais je ne reconnais toujours pas mon Poppy dans sa voix.

– Alors tu penses qu'aujourd'hui, ce soir, c'est vraiment la bifurcation ? reprend Ethan. Que ça va changer l'histoire ? Mais comment ? Les recherches de Mona Ghali sont si importantes que ça ? Je doute que ça ait une quelconque influence sur les comprimés pour maigrir ou la chirurgie esthétique.

J'y ai réfléchi également.

– Elle travaille sur les énergies alternatives, c'est ça ?

– Oui, elle veut récupérer l'énergie des vagues.

– Et si ça fonctionne ?

Ethan hésite.

– Et si tu me racontais comment les choses vont tourner ? À partir de maintenant ?

Je sais tout ça par cœur. Poppy adorait ce genre de récits édifiants.

– D'accord. Alors aujourd'hui, la répartition des climats, sur laquelle sont basées les cultures, est stable, et ce depuis si longtemps qu'elle paraît immuable. Le Gulf Stream réchauffe l'Europe, il y a des zones arides et des zones humides bien définies, n'est-ce pas ?

– Tout à fait.

– Mais cela va changer, plus ou moins comme ils l'ont prédit. Les pôles se réchauffent, la calotte glaciaire fond, le niveau de l'eau monte. Cela progresse assez lentement si bien que les gens pensent pouvoir s'adapter. Je me rappelle avoir vu les ruines d'immenses digues qui avaient été construites le long des côtes dans les années 2040, pour lutter contre la mer. Mais tout va s'accélérer. En quinze ans à peu près, rien n'est plus pareil. Les inondations, la sécheresse, les tempêtes endommagent la surface de la Terre. Les habitants ont à peine le temps de se remettre d'une catastrophe qu'un autre désastre s'abat sur eux. Le prix des produits de base comme le blé et le riz monte en flèche. Les gouvernements sont renversés parce qu'ils sont incapables de nourrir leurs peuples.

Je m'interromps un instant pour reprendre ma respiration. J'ai dit tout ça d'un trait.

– Voilà : le déclin de l'humanité résumé en moins d'une minute.

– Et puis les moustiques…

– Vingt ou trente ans plus tard, oui.

– C'est aussi dû au changement climatique, non ?

– Oui, tout à fait.

– Alors si Mona trouve une source d'énergie peu coûteuse et sans aucune émission de gaz carbonique, c'est une avancée capitale.

– Ce serait bien si on avait une autre version du futur, plus riant, pour comparer, mais c'est plausible.

– Ça ne règle pas l'histoire des comprimés pour maigrir.
– Bah, on ne peut quand même pas trop lui en demander, à cette chère Mona !

Ethan demeure plongé dans ses réflexions.

– Et si le futur ne voulait pas changer ? Si ce qui doit arriver devait arriver quoi qu'il en soit ? Et si nos faits et gestes n'avaient aucune influence, si ça ne faisait aucune différence qu'on soit des héros ou des lâches ?

Je déteste cette idée. Aujourd'hui plus encore que tout autre jour, ça me panique tellement que je refuse de la laisser traverser mon esprit un seul instant.

D'un ton un peu forcé, je décrète :

– Le futur n'a pas de volonté propre. C'est nous qui faisons le futur.

En tout cas, c'est ce que j'ai envie de croire.

Je pense à Ethan et à nos quatre-vingts années de questions à venir. Je pense à Poppy et à tout ce qu'il a sacrifié.

CHAPITRE 18

Ethan insiste pour m'apprendre à jouer à la dame de pique sur une aire d'autoroute, autour d'un festin de frites molles et de hamburgers infâmes. Il mastique avec appétit, puis pose l'emballage vide en soupirant. Je peine à avaler une seule bouchée du mien.

— C'était le pire hamburger que j'aie jamais mangé, déclare-t-il, mais ça reste quand même un cheeseburger au bacon.

Nous avons encore six heures avant notre grand rendez-vous avec le destin. Je ne suis pas aussi appliquée qu'hier. Je fixe la bouche d'Ethan, ses doigts, ses avant-bras, son menton.

— Alors cette fois, tu joues quoi ?

J'ai du mal à distinguer les cartes, elles sont toutes floues dans ma main.

— Euh... le dix ?

— De carreau ? Non ! Tu ne vas pas perdre l'occasion de jouer ton valet. Une autre.

J'acquiesce. Ça craint, j'ai un aphte. Ça craint, je n'arrive pas à me concentrer.

— Celle-ci ? dis-je en tirant un quatre de trèfle.

— Ouais, tu peux essayer.

Ça craint, je ne comprends rien à ce qu'il

raconte. J'ai à peine posé mon quatre qu'il colle un sept de cœur par-dessus.

Je contemple ses cils, qui feraient pâlir d'envie n'importe quelle fille.

– C'est pas bon pour moi, ça, hein ?

– Non, le cœur, ça fait des points. Et c'est pas bon. Faut avoir le moins de points possible.

– Pas de points. Compris.

Je regarde mes cartes. Je regarde son oreille. J'étudie les taches de rousseur qui constellent son nez.

– Le cœur, c'est pas bon, répète-t-il. La dame de pique, c'est très mauvais. Les points, t'en veux pas. Faut terminer la manche avec le score le plus bas possible.

Je secoue la tête, découragée.

– Je crois que je préfère les jeux où on doit marquer des points plutôt que l'inverse.

Il m'adresse un sourire éclatant.

– Je te reconnais bien là ! C'est pour ça que ce jeu est génial !

Je ne suis pas convaincue.

– Parce que la façon la plus courante de gagner, c'est d'éviter les points, d'enchaîner les manches discrètement sans faire de coups d'éclat. C'est comme ça que les gens gagnent dans quatre-vingt-dix-neuf pour cent des cas.

– OK…

Il hausse les sourcils.

– Mais il y a une autre façon de l'emporter, une méthode beaucoup plus audacieuse que de nombreux joueurs n'ont jamais osé essayer. Quand tu gagnes de cette manière, tu écrases tout le monde et tu prouves que t'es vraiment le maître.

J'adore son sourire. Je m'efforce de prendre l'air plus enthousiaste.

– Ça s'appelle faire un grand chelem, je te montrerai plus tard.

– Pourquoi pas maintenant ?

– Parce que ma plastique ravageuse te distrait, on dirait, tu n'es pas du tout concentrée sur les cartes.

À exactement dix-sept heures cinquante-cinq, nous nous garons devant une pâtisserie de Teaneck, New Jersey. Ethan est censé aller acheter un gâteau et je suis morte d'angoisse. Je lui conseille de ne pas faire ajouter le prénom de Mona sur le glaçage ou un truc comme ça, ce serait trop.

Pendant ce temps, je suis censée faire des recherches, passer deux ou trois coups de fil, mais je ne veux pas le quitter des yeux un seul instant. Et s'il lui arrivait quelque chose dans ce magasin ? Un accident mortel de pâtisserie ? Le destin est-il cruel à ce point ?

Ça me rend folle de ne pas pouvoir dire à Ethan ce que j'ai lu. Ça crée un fossé entre nous ; je ne le supporte pas. Mais je ne peux pas me décider à prononcer cette phrase. Mon aphte me fait mal. J'ai le moral dans les chaussettes et les nerfs à vif.

Ethan se tourne vers moi en coupant le contact.

– Ça va, Prenna ?

– Ouais…

Je hausse les épaules.

– Je pensais juste à… tu sais bien…

– Cette pauvre Mona Ghali…

Je hoche la tête.

– ... qui n'a aucune idée de ce qui l'attend, complète-t-il.

Bouleversée, je le dévisage. Je ne peux pas m'en empêcher. Je demande :

– Tu crois qu'on devrait lui dire ?

– Si tu estimes que c'est le meilleur moyen de la protéger.

– Pas sûr, non. Mais c'est affreux de le savoir alors qu'elle l'ignore. Si elle était au courant, elle voudrait peut-être dire des choses importantes à ceux qu'elle aime, au cas où.

Ethan acquiesce.

– Moi, c'est ce que je voudrais, j'imagine.

– Ah, oui ?

– Oui, mais j'hésite, je ne pense pas qu'elle nous croirait. Ce serait trop long d'essayer de la convaincre, elle risquerait de paniquer et d'appeler la police pour nous interdire de l'approcher, ou un truc comme ça.

Je joins les mains pour cacher que je tremble comme une feuille. J'avale ma salive, tentant de maîtriser ma voix chevrotante.

– Et toi, si tu étais à sa place, tu préférerais quoi ?

– Si j'étais à sa place ?

Il est tenté de faire un trait d'esprit, je crois, mais il se ravise en voyant mon visage blême.

– Sérieusement ?

– Oui.

– Si je savais que je suis censé mourir ?

– Oui.

Il réfléchit un instant avant de me regarder dans les yeux.

— Tu es sûre de vouloir la vérité ?

Je hoche la tête, les lèvres serrées. Il est en train de jauger quel degré de sincérité je suis à même de supporter.

— Bon, d'accord... si tu insistes. Si je devais mourir, eh bien... il n'y aurait plus rien qui me retiendrait de... de sortir avec toi. Vraiment, complètement. Et il n'y aurait plus aucune raison que tu refuses.

Je le dévisage, parfaitement immobile.

— Alors voilà, reprend-il, si je pouvais passer une nouvelle nuit avec toi, mais sans aucun interdit, je crois que je mourrais heureux.

Les larmes me montent aux yeux, le sang bat à mes tempes.

— Ça craindrait vraiment de mourir sans avoir pu le faire.

Il hausse les épaules.

— J'en ai rêvé si souvent que ce serait une vraie tragédie.

Il sourit.

— Mais heureusement pour toi, mon heure n'est pas encore venue.

À dix-huit heures dix, Ethan est de retour, sain et sauf, avec un gâteau au chocolat dans un carton, et moi, je perds complètement les pédales.

— Hé, Ethan ?
— Ouais ?
— Tu m'apprends à faire le grand chelem ?
— Maintenant ?

Il regarde l'heure sur son téléphone.

— Oui, je me concentre, promis.

Il s'assied et sort le jeu de cartes de son sac.

– D'accord, fait-il en les distribuant. Le suspense a assez duré.

Je ramasse mes cartes, lui les siennes.

– Bien, tu te rappelles les règles de base de la dame de pique ?

Je hoche la tête en récitant platement :

– Ne pas faire de coups d'éclat, ne marquer aucun point, rester aussi discret que possible.

C'est une stratégie qui m'est tout à fait familière.

– Eh bien, le grand chelem, c'est tout le contraire. Il faut avoir un jeu vraiment pourri en main – des tas d'as et de figures, avec le plus de cœurs possible. Et au lieu d'essayer de ne pas récolter le moindre point, tu essaies de tous les prendre, y compris la redoutée dame de pique. Tu y vas à fond.

En m'efforçant d'avoir l'air aussi enthousiaste que lui, je m'exclame :

– Compris !

– Mais évidemment, il faut la jouer finement : râler, pester, se plaindre chaque fois que tu as du cœur.

– Râler, pester, me plaindre, je sais faire.

– Parfait. Tes adversaires seront ravis de te refiler tous leurs cœurs avant de comprendre ce que tu as en tête.

– Alors ils tenteront de m'en empêcher ?

– Ils pourront toujours essayer mais, avec un peu de chance, ce sera déjà trop tard.

– Et si ça rate ?

– Si tu as presque tous les points, sauf un ou deux ?

– Oui…

– Eh bien, tu te prends une déculottée monumentale. Vingt-cinq points, t'es mort.
– Et si ça marche ?
– Victoire triomphale. C'est toi qui colles vingt-six points à chacun de tes adversaires.
– Ça me plaît bien, cette idée !
– Je m'en doutais.
– Faut pas se contenter d'enfreindre une ou deux règles, mais toutes les briser d'un coup.
– Exactement. La fortune sourit aux audacieux.
– Vraiment ?

Ethan se penche vers moi et pose ses lèvres au creux de ma clavicule. Un frisson me parcourt du sommet du crâne jusqu'au bas de la colonne vertébrale.

Il se redresse avant d'ajouter :
– Espérons.

Il est dix-huit heures quarante. Ethan est sorti de la voiture pour appeler sa mère, puis sa sœur, et s'assurer que son mensonge tient la route. J'aime la façon dont il s'adresse à sa mère, beaucoup plus librement que moi.

Prise d'une soudaine inspiration, je sors mon téléphone où j'ai enregistré ce matin différents numéros, sans vraiment croire que j'oserais m'en servir. J'appelle d'abord une famille de Montclair, dans le New Jersey. Le répondeur se déclenche. Je me fais passer pour le bureau local de la sécurité incendie et annonce qu'un inspecteur passera chez eux ce soir entre cinq et sept heures pour vérifier que leurs détecteurs de fumée fonctionnent et qu'ils ont un extincteur à chaque étage.

J'ajoute, précision odieuse mais essentielle :
— Vous pourrez voir sur notre site le montant de l'amende prévue en cas d'installation défectueuse.

Je ne vais pas envoyer un inspecteur là-bas, bien évidemment, mais j'espère leur faire assez peur pour qu'ils vérifient tout leur équipement. Je conclus avec entrain :
— Merci de votre participation à la Semaine de lutte contre les incendies domestiques !

Ensuite, je téléphone au commissariat d'Ossining pour déclarer le vol de la voiture de ma mère en déclinant le numéro d'immatriculation du véhicule qui doit causer l'accident mortel sur l'autoroute. Puis je prétends que la voiture a été vue pour la dernière fois vers une rue voisine du domicile du propriétaire.

— Merci d'appeler ma mère sur son portable si vous la retrouvez, dis-je en lui inventant un numéro.

Pour bien compliquer les choses, j'ai repris le même nom que le conducteur.

Et je raccroche, le cœur battant. Je me sens un peu coupable en imaginant la police qui débarque pour enlever la voiture de ce pauvre gars, mais il faut ce qu'il faut.

Si j'enfreins les règles ? Oui. Je les brise et je les piétine. Si j'interfère dans le déroulement des événements ? Tu parles ! Si je triche ? De façon éhontée ! Je flanque des coups de coude dans les tripes du temps. Je mens comme je respire. Et c'est affreusement génial.

— Bon, ben, on y va, murmure Ethan à dix-neuf heures neuf alors que nous sortons de la voiture, garée sur un parking non loin du labo de recherche.

Il s'énerve un peu sur le verrouillage centralisé des portières avant d'arriver à les fermer. Jusque-là, il s'est efforcé de conserver son calme, sans doute pour me rassurer, mais je vois bien qu'il est sur les nerfs.

On en a beaucoup discuté, on a bien tout répété, mais maintenant qu'on est là, ça semble un peu léger. On débarque sur les lieux du crime avec des ballons et un gâteau au chocolat.

– Il y aura une arme à feu, dis-je comme s'il avait besoin que je le lui rappelle.

– Je sais.

En agitant les ballons, je marmonne :

– Ça nous aurait peut-être été plus utile que ça.

– Si l'un de nous deux avait une arme et savait s'en servir, oui, réplique-t-il. Mais quand des gens comme nous prennent un revolver en main, on se retrouve avec quatre morts au lieu d'un.

Il est toujours tellement logique, tellement terre à terre que c'en est agaçant.

– Bon, d'accord.

– Ça va aller, Prenna. On a un énorme avantage.

– Quoi donc ?

– On sait ce qui est censé arriver.

Nous traversons le parking main dans la main, lentement, dans une sorte de transe, avec le sentiment que si on pouvait ralentir le temps, ce serait plus facile de modifier le cours des choses.

Je me rends compte que nous, nous avons changé. J'ignore depuis quand, mais ce baiser sur ma clavicule m'a fait l'effet d'une piqûre de moustique, me transmettant une douce maladie qui m'exalte en même temps qu'elle m'affaiblit. Nous ne pouvons plus jouer les ados rebelles en cavale. Nous sommes liés par une mission plus sérieuse. En fait, ça dure depuis longtemps, mais je ne l'avais jamais ressenti à ce point. Peut-être est-ce le danger qui nous en a fait prendre conscience. Ce n'est pas tant ce lien qui nous a changés. C'est la crainte de le perdre.

C'est plus facile de se dire prêt à tout sacrifier, quand ce tout est une vie morne et solitaire.

Le moment est venu d'être audacieux mais, ma main moite dans la main moite d'Ethan, je me sens tout sauf audacieuse. J'ai envie de mettre Ethan à l'abri, dans ma petite cour de récré déserte, et de le serrer dans mes bras jusqu'à ce que ce sinistre 170514 soit passé.

Je comprends soudain mieux les gens comme ma mère, qui ne veulent prendre aucun risque pour changer l'avenir, et préfèrent se contenter de survivre jour après jour. Finalement, ce n'est peut-être pas la corruption ni l'avidité qui rendent lâche. Peut-être n'est-ce ni la faiblesse ni la souffrance ni même la peur. Peut-être est-ce simplement l'amour.

Je prends une profonde inspiration.
– Bon…
– Prête ?
– Prête.
– Je ne serai pas bien loin, Prenna. Je ne quitterai pas ce gars des yeux.

Je hoche la tête. Je ne suis pas certaine que ça me rassure vraiment.

Il m'embrasse sur la tempe, juste une dernière dose avant que je franchisse la porte en verre.
Je lui jette un regard par-dessus mon épaule.
— Ça va bien se passer, affirme-t-il.
Je devine sa promesse plus que je ne l'entends en voyant ses lèvres remuer derrière la vitre.

CHAPITRE 19

Je me suis renseignée autant que je le pouvais sur la vie de Mona Ghali en faisant des recherches sur l'ordinateur d'Ethan. Elle a deux sœurs, une à Cambridge, dans le Massachusetts, et l'autre au Caire, en Égypte.

La plus jeune, Maya, est partie là-bas juste après avoir obtenu son diplôme à l'université de Boston. Elle est à peine plus âgée que moi.

J'arrive à l'étage de Mona vers dix-neuf heures dix. L'hôtesse d'accueil termine sa journée. Je dis que je viens voir Mona.

– Votre nom, s'il vous plaît ?

– Euh… Petra.

Ça fait bizarre… Je m'empresse d'enchaîner :

– Je suis une amie de sa sœur. Je lui apporte quelque chose de sa part.

J'ai préparé davantage d'explications, mais l'hôtesse est pressée de rentrer chez elle, elle s'en moque.

Elle appelle le bureau de Mona pour m'annoncer.

– Par là, tout droit, explique-t-elle avant même d'avoir obtenu une réponse. Sur votre gauche, deux fois, puis à droite à la moitié du couloir.

Dommage pour la sécurité.

Bien qu'elle ne m'ait rien demandé, je précise en m'éloignant :

– C'est son anniversaire.

Le nom de Mona est indiqué sur une plaque en plastique à droite de la porte. Je m'efforce de me mettre dans la peau de mon personnage avant de pénétrer dans son bureau.

– Mona ?

Elle lève les yeux de son ordinateur. Elle a de longs cheveux bruns frisés et un visage ouvert. Une fois debout, elle est presque aussi grande que moi.

– Je suis Petra Jackson, une amie de fac de Maya, dis-je en lui tendant mes cadeaux. Elle m'a demandé de venir vous souhaiter un joyeux anniversaire.

Ses yeux brillent d'intelligence.

– Waouh. C'est vraiment gentil. Merci, dit-elle en les prenant.

Elle laisse les ballons flotter jusqu'au faux plafond et jette un coup d'œil dans le carton de la pâtisserie avant de le poser sur son bureau.

– Maya a dû vous dire que j'étais accro au chocolat.

J'acquiesce, remerciant la «fortune qui sourit aux audacieux» d'être tombée juste.

– Ma sœur a toujours fait toute une histoire de nos anniversaires, commente-t-elle, un peu moqueuse. Vous étiez avec elle à l'université de Boston, alors ?

– Oui, mais on n'a pas suivi les mêmes cours, j'ai un an de moins, je mens.

– Eh bien, merci beaucoup.

– Ai-je une chance de vous convaincre d'aller boire un verre ? Je vous invite. J'ai promis à Maya que j'essaierais.

C'est l'un des scénarios que nous avons mis au point avec Ethan. D'un côté, ce serait plus sûr de l'emmener dans un lieu public et de l'éloigner de l'endroit où elle va se faire tuer. Mais, de l'autre, en modifiant aussi radicalement les circonstances, on perd l'avantage de savoir ce qui va se passer : et si, en la faisant sortir du bâtiment, on retardait juste le lieu et l'heure du crime, au risque d'ignorer totalement quand et où il se produira ?

Le futur est-il têtu ? Et Andrew Baltos ?

Mona lève les yeux au ciel.

– Maya a peur que je passe mon anniversaire toute seule, c'est ça ?

– Non, pas du tout, elle n'a pas formulé les choses ainsi.

– Eh bien, vous pourrez lui dire que j'ai rendez-vous avec quelqu'un ce soir.

Une sirène d'alarme se déclenche dans ma tête. Ce doit être Baltos. Nous avons la réponse à l'une de nos questions : il ne s'agit pas d'une visite surprise.

– Ça ne m'enthousiasme pas particulièrement, mais contrairement à ce que pense ma sœur, je ne passe pas mes soirées à me morfondre toute seule à mon bureau.

Qu'est-ce que ça signifie ? Quelle relation entretiennent-ils ? En la dévisageant, je comprends que je ne peux guère insister. Je bafouille :

– Je ne crois pas que...

Je manque sérieusement de diplomatie et

d'entraînement en ce qui concerne les relations entre sœurs.

– Je suis sûre que ce n'est pas ce qu'elle voulait dire. Elle regrettait simplement de ne pas pouvoir être là avec vous aujourd'hui, alors elle m'a demandé…

Mona me fait taire d'un geste.

– Merci… Petra, c'est ça? J'apprécie beaucoup. Maya a vraiment des amis en or, mais je dois rester encore un moment ici pour sauvegarder des fichiers sur un nouveau serveur. Une faille dans notre système de sécurité, apparemment. Comme si on se battait pour lire mes travaux, franchement!

Elle a repris son petit air sardonique.

– Et pourquoi pas, dis-je.

Je ferais sûrement mieux de me taire.

Son ordinateur émet un bip, elle retourne derrière l'écran.

– Un dossier chargé, plus que quatre!

Il faut que je trouve une excuse pour rester sans passer pour un boulet ni pour une folle.

– Je comprends que vous ne vouliez pas fêter votre anniversaire avec une parfaite étrangère…

– Vous connaissez Maya, vous n'êtes donc pas une étrangère, objecte-t-elle.

– Bien sûr, mais ça doit vous paraître bizarre quand même. Et en plus, vous avez du boulot. Mais ça vous dérange si je reste encore un quart d'heure? Mon petit ami doit passer me chercher.

– Pas de problème, s'empresse-t-elle de répondre. C'est le moins que je puisse faire, après le mal que vous vous êtes donné. De toute façon, ce n'est vraiment pas passionnant de regarder ces fichiers se charger, et puis les bureaux sont vides après sept heures, c'est sinistre. Alors, je suis ravie d'avoir de la compagnie. Tenez…

Elle m'approche une chaise.

— Asseyez-vous.

Elle n'est pas désagréable, mais j'ai l'impression qu'elle n'a pas envie de parler.

— J'ai un deuxième ordinateur, si vous voulez.

— Génial, merci.

Je jette un coup d'œil à mon téléphone.

— Mais si vous avez rendez-vous…

— Le type que je dois voir ne sera pas là avant la demie.

— Ah… OK…

Mon cœur bat à tout rompre. Tout se précipite. Difficile d'imaginer qu'une scène banale de la vie quotidienne comme celle-ci peut dégénérer en carnage.

— Vous vous plaisez à Boston ? me demande-t-elle.

Je n'y ai jamais mis les pieds.

— Oui, beaucoup.

— Moi aussi, j'adorais. C'est les vacances de printemps, là ?

— Oui, c'est ça.

Je scrute la pièce, sur mes gardes. Je jette un coup d'œil à ses étagères. Ses classeurs ont l'air verrouillés. J'ai les nerfs en pelote.

Je me dis que je devrais continuer à faire la conversation, même si c'est un tissu de mensonges mais, en même temps, j'ai juste envie de me taire en attendant que ce soit fini.

Je tripote distraitement mon téléphone en la regardant travailler quand, soudain, une sonnerie retentit. Je sursaute comme si c'était la plus grande surprise de l'année.

En revanche, Mona est on ne peut plus détendue. Elle détourne la tête de son écran sans empressement.

– Ce doit être lui.

Elle appuie sur une touche de son téléphone, en mode interphone.

– Andrew ?

Non, non, surtout pas ! Ne le faites pas entrer ! Vous savez ce qu'il va vous faire ? Je fais taire la voix qui hurle dans ma tête. Il faut laisser les choses se dérouler normalement…

– Oui, c'est moi, répond un homme.

Le sang bat à mes tempes. Je m'efforce de respirer calmement, de reprendre notre plan point par point.

S'il arrive ceci, alors on fait cela. Et s'il se passe ça, alors on fera comme ceci.

Elle appuie sur un autre bouton, sans doute pour ouvrir la porte à la réception.

Je croise les doigts pour qu'Ethan arrive à le suivre avant qu'elle ne se referme. Tandis que Mona sort dans le couloir pour accueillir le visiteur, je vais vite rappuyer sur le bouton au cas où.

J'ose à peine regarder Andrew Baltos approcher. Et quand je m'y résous enfin, je suis frappée par son allure familière. Il est de taille moyenne, plutôt trapu, les cheveux ras sous sa casquette de base-ball. Je me creuse les méninges pour tenter de l'identifier tout en m'efforçant de ne rien laisser paraître.

Son regard s'arrête sur moi. Il me dévisage également avec attention.

Je ne me sens vraiment pas à ma place lorsque Mona l'embrasse, assez froidement, puis s'écarte pour faire les présentations.

– Andrew, voici…

Je bafouille, paniquée.

– Euh… hum… Petra !

Note pour la prochaine fois : quand on prend un faux nom, mieux vaut éviter de l'oublier.

– Une amie de ma petite sœur, Maya. Petra, voici Andrew.

Il n'a pas l'air très à l'aise non plus, à vrai dire. Il me serre la main.

Et qu'est-ce qu'on fait maintenant ? Je sais ce qui va se produire sans parvenir à comprendre comment cela peut arriver.

Il plisse les yeux en répétant :

– Petra ?

Il essaie de me remettre, lui aussi.

Soudain, ça me revient. Sa silhouette, sa casquette me rappellent la forme sombre que j'ai vue s'enfuir du parking, où mon père a été égorgé. Est-ce possible ? Je ne peux pas en être certaine mais…

Et s'il me reconnaît ? Ça risque de tout gâcher. « Non, non, ce n'était pas censé se passer comme ça ! » Mes pensées se dispersent avec fracas comme des billes sur un carrelage. J'aimerais pouvoir toutes les rassembler.

Je revois mon père recroquevillé par terre. J'essaie de me concentrer sur l'individu qui détale dans l'obscurité.

Je suis complètement déconnectée de la réalité. Me voilà qui flotte dans un autre espace-temps. Le temps que je revienne ici et maintenant, j'ai laissé passer l'occasion que j'attendais. L'avance que j'avais, je l'ai perdue.

Tout s'enchaîne si vite. Ils vont dans le bureau, Mona dit quelque chose, je crois qu'elle s'adresse à moi, mais je ne l'entends pas. Elle retourne devant son ordinateur pour finir sa sauvegarde. Je m'efforce de ne pas quitter Andrew des yeux, sauf que ce n'est pas facile. Brusquement, il me pousse vers Mona, je suis complètement affolée, à croire que je n'attendais rien de plus qu'une conversation polie.

Je m'écroule sur elle, battant des bras pour retrouver mon équilibre. Il ferme la porte derrière lui d'un coup de pied. Mona le fixe, abasourdie. Je suis son regard... Il a dégainé un revolver qu'il pointe sur nous.

Comment cela a-t-il pu arriver alors que je le savais ? Ce n'est pas du tout ce que nous avions prévu. On dirait qu'il se moque que je sois témoin du crime. En principe, ma présence aurait dû contrecarrer ses plans. J'étais censée être un élément dissuasif, semant le trouble et l'obligeant à reporter son projet. A-t-il décidé de nous tuer toutes les deux ? Nous avions parié sur un minimum de scrupules.

Mona ouvre la bouche, pousse un cri. Je pose la main sur son bras, j'ignore pourquoi. Pour la réconforter sans doute, l'aider à accepter son destin.

Tandis que je m'efforce de ramasser mes billes, je me demande : « Comment vais-je faire pour empêcher ça ? »

– Là-bas, ordonne Baltos en agitant son arme. Asseyez-vous le long du mur.

Mona le dévisage, incrédule. Dans ses yeux, je lis qu'elle n'y croit pas. Qu'elle n'a même pas peur.

– Tu es sérieux ? Qu'est-ce qui te prend ?

– Là-bas ! hurle-t-il.

Je la tire par la main. L'oblige à s'asseoir. Moi, j'y crois et j'ai peur. Je veux juste en finir, et vite. Je ne veux pas qu'Ethan débarque dans cette pièce.

En nous tenant en joue, Andrew Baltos s'approche de l'ordinateur. Sa chemise est trempée de sueur, sous les bras, dans le dos. D'une main, il saisit la souris pour fouiller dans les dossiers. Au bout de quelques minutes, il explose :

– Qu'est-ce que tu as fait ?

Il s'approche de nous.

– Où sont toutes tes recherches ?

– Je les ai sauvegardées ailleurs, répond Mona, méfiante.

– Où ça ?

– Dans un endroit plus sûr.

Il allume l'autre ordinateur, un portable, et examine rapidement le disque dur, sans cesser de nous viser. Il s'impatiente, le repousse, puis se dirige vers les classeurs métalliques. Pourvu qu'ils soient verrouillés. Il secoue un tiroir, puis un autre, de plus en plus agacé. D'une seule main, il jette le meuble par terre, renversant la chaise au passage. Deux tiroirs s'ouvrent sous le choc, libérant un flot de paperasse.

Baltos se penche pour les ramasser. Avec tout ce vacarme, dos à la porte, il n'entend pas Ethan arriver.

Je retiens mon souffle en voyant que ce dernier tente de le plaquer au sol.

Mona crie, je serre sa main dans la mienne. Alors que Baltos s'écroule sur le bureau, Ethan le désarme d'un coup de pied. Le revolver glisse sur la moquette dans notre direction. Je tends la main pour le saisir. Je sais bien ce qu'Ethan a dit, mais je n'ai pas le choix. Je me lève, braquant l'arme sur Baltos d'une main tremblante, et j'ordonne :

– Debout.

Il se redresse lentement tandis qu'Ethan s'écarte de lui.

Mona lui jette un regard stupéfait.

– Qu'est-ce que tu fais ici ?

– Debout ! je répète. Les mains en l'air.

Pour raffermir mon geste, je prends le revolver des deux mains. Je sens la gâchette sous mon index.

Je jette un regard à Ethan. Il me rejoint, sans trop s'approcher pour ne pas me déconcentrer.

– Ça va ? me souffle-t-il.

– Oui.

J'ai très envie de le regarder, pour qu'il me soutienne, j'ai très envie de pleurer, mais je n'ose pas quitter Baltos des yeux.

– L'ami que vous attendiez, c'est Ethan ? s'étonne Mona.

J'acquiesce.

Celui-ci se poste tout près de Baltos.

– Tendez les bras, ordonne-t-il.

Il prend son portefeuille à l'arrière de son jean.

– Et maintenant, les mains en l'air.

Ethan tire son portable de la poche de sa chemise, puis recule. Je ne peux pas m'empêcher de le regarder. Quelque chose dans son expression me panique.

– Qu'est-ce qu'il y a ?
Il secoue la tête.
– Ethan, dis-moi !
– Le gorille.
– Quoi ?
– C'est un voyageur, murmure-t-il entre ses dents serrées.
– Impossible.
– Je te dis que si.
– Non, ça ne se peut pas.
– Je le vois, il n'y a aucun doute.
Je tremble comme une feuille.
– Mais il est dans le journal !
Mona et Baltos nous regardent sans comprendre. Personne ne bouge.
– Je crois qu'on tient ton Moïse, déclare Ethan à voix basse.

CHAPITRE 20

Tout ce qui se produit ensuite est ma faute. J'essaie de comprendre ce que vient de dire Ethan, je me déconcentre. Je perds mon sang-froid.

« D'où sort-il ? Il n'a pas fait le voyage avec nous. Qu'est-ce que ça signifie ? Ce journal a été imprimé soixante-dix ans avant qu'on vienne. »

Lorsque Baltos envoie son poing dans le menton d'Ethan, je ne tire pas alors que je devrais. Durant un quart de seconde, je n'ai d'yeux que pour Ethan.

Baltos en profite pour se jeter sur moi. Je tombe à la renverse. Je me cogne la tête contre le mur. Je ne sais même pas ce que je fais du revolver.

Mona crie. Je ne dois surtout pas m'évanouir. Il faut que je protège Ethan. Je rampe vers lui, mais Baltos s'interpose, brandissant son arme.

Il est secoué, lui aussi. Il tremble.

– Pourquoi vous compliquez les choses, hein ? Dos au mur, tous les trois.

Nous obéissons. Ethan pose la main sur mon épaule, pour vérifier que ça va. J'entends Mona pleurer.

Baltos nous désigne, Ethan et moi.

– Je n'ai rien à voir avec vous. Qu'est-ce que vous faites là ? demande-t-il d'une voix tendue.

– Nous n'allons pas rester là à vous regarder la tuer, réplique Ethan.

Baltos secoue la tête. On dirait qu'il va vomir.

– Ce n'est pas à vous de décider.

Ethan essaie de se relever, mais je m'accroche à lui pour qu'il se rasseye.

Baltos se tourne vers lui.

– Reste où tu es ! explose-t-il. Si tu bouges, je tire.

Il est très agité. Il a l'air complètement fou. C'est Moïse, le voyageur n° 1. Sauf qu'il n'est pas là pour nous sauver mais pour nous éliminer.

Ethan se libère de mon étreinte et se lève.

Je crie :

– Ethan, non !

Je sanglote. Alors c'est comme ça que ça se passe ? Je ne peux pas laisser faire.

Le revolver est à moins de vingt centimètres de la tête d'Ethan. J'entends un déclic.

– Non, je vous en prie !

Je plaque Ethan au sol. Au même moment, Baltos se tourne vers Mona et lui tire dessus.

Épouvantée, je vois une tache sombre se répandre sur sa poitrine.

Je hurle encore et encore.

Baltos tremble de la tête aux pieds. Il lâche son arme. Il a l'air presque aussi horrifié que nous, comme s'il ne s'attendait pas à ça, comme si cette scène moite et macabre ne pouvait résulter d'une simple pression de son doigt sur la gâchette. Il se rue vers la porte et s'enfuit dans le couloir.

Alors que je contemple Mona qui gît à terre, le regard fixe, dans une position qui n'a rien de naturel, j'entends ses pas précipités qui s'éloignent.

— Elle est morte, déclare Ethan.

Et je sais qu'il a raison. Il ramasse le revolver et file avant que j'aie pu le retenir.

Je me lance à sa poursuite. Que puis-je faire d'autre ?

Prendre le temps de réfléchir ? C'est fou que l'avenir du monde puisse changer en moins de temps qu'il n'en faut pour traverser un parking sombre.

En arrivant sur le parking, je me bats contre l'ordre naturel du temps, j'espère encore pouvoir le défier. Je suis en train de perdre, mais je continue à lutter. J'ai perdu Mona, mais je ne le laisserai pas avoir Ethan.

En atteignant l'autre bout du parking, je sais que ce n'est pas la question. Je ne me bats pas contre le temps. Ce n'est pas lui, l'ennemi. Je me bats contre Andrew Baltos, le voyageur n° 1. C'est lui, le responsable. Le destin tout-puissant est blessé, furieux, comme la mère de Babar quand les chasseurs lui tirent dessus. J'essaie de réparer une terrible injustice. J'essaie d'apaiser cette pauvre âme.

J'entends un coup de feu.

Mon sang se glace. Mon corps tout entier se glace. Je cours sur mes pieds gelés, alors que je ne les sens plus. Des larmes chaudes roulent sur mes joues froides.

Dans ma tête, je menace Baltos : « T'as pas intérêt d'avoir fait ça. T'as pas intérêt, je te le dis ! »

Je ne les vois plus. Le coup de feu provenait du petit bois qui borde le parking. Mes jambes de glace me mènent par là.

À quelques mètres, j'aperçois deux silhouettes sombres, l'une debout, l'autre à terre. Je cours, je cours vers le blessé, prête à me jeter au cou de mon bien-aimé, mais en approchant, je m'arrête net. Il s'agit d'Andrew Baltos. Le bien-aimé fils, frère et ami est debout, le revolver à la main, aussi vivant que moi.

Une douce chaleur m'envahit.

– Qu'est-ce qui s'est passé ? Il est mort ?

Je baisse les yeux pour constater que non. Il se tord de douleur, cependant.

– Je lui ai mis une balle dans la jambe, explique Ethan d'une voix plate.

Il a visiblement du mal à encaisser. Il sort un portable de sa poche, celui qu'il a pris à Baltos. Et, pour la deuxième fois en quatre jours, il appelle les secours.

– Je suis Andrew Baltos, déclare-t-il. 7736 Rover Road, à Teaneck, sixième étage. J'ai tiré sur une femme. Je crois qu'elle est morte.

Et il raccroche.

Je n'arrive pas à retrouver mon calme. Impossible. Mais mon corps se dégèle petit à petit.

– Ça va, lui ? Qu'est-ce qu'on va en faire ?

Il n'a pas fière allure, notre Moïse.

– On va appeler une ambulance et rester jusqu'à ce qu'elle arrive. Mais d'abord, on va discuter un peu.

Andrew Baltos se tortille, mais il a l'air d'écouter.

– S'il ne nous répond pas assez vite, il risque de se vider de son sang, mais sinon ça devrait aller, affirme Ethan.

Je baisse les yeux. Dans la pénombre, il a le

portable qui luit dans une main et le revolver dans l'autre. Je le lui arrache, puis je prends mon élan et le jette de toutes mes forces. Nous le regardons tourbillonner dans les airs. C'est la première fois que je lance quelque chose aussi loin. J'espère que le sol est assez boueux pour l'engloutir à jamais.

– Pourquoi tu as fait ça ? s'étonne Ethan.

Il est plus surpris qu'en colère, je pense.

– Assez tiré pour aujourd'hui, je décrète.

Pour la première fois, j'ose caresser l'espoir qu'il finisse la journée sain et sauf.

– Qui êtes-vous ? demande Ethan.

Au début, Andrew Baltos n'a pas l'air d'humeur à parler. Mais au bout de quelques minutes, il réalise qu'il n'est pas non plus d'humeur à se vider de son sang.

– Comment ça, qui je suis ? grommelle-t-il. Je suis le type à qui tu viens de coller une balle dans la jambe.

Nous entendons déjà les premières sirènes au loin. Puis c'est un véritable concert.

Ethan ne se laisse pas distraire.

– Je sais que vous êtes un voyageur.

L'autre arrête de se tortiller.

– Je veux savoir de quelle année vous venez. Et pourquoi.

L'homme a mal, il est furieux, il est abasourdi par ces questions.

– D'où tenez-vous tout ça ?

– Je le vois simplement en vous regardant. Jamais croisé un voyageur aussi mal intégré.

– Parce que vous en connaissez d'autres, bien sûr, réplique Baltos, sarcastique.

— Tout à fait. Elle, par exemple, répond Ethan en me désignant.

Andrew Baltos se met assis, repliant sa jambe blessée avec précaution. Il est livide, son regard va d'Ethan à moi, incrédule.

— Et pourquoi je devrais vous croire ?

— C'est à vous de voir. Ça nous ferait gagner du temps. Je veux savoir ce que vous faites ici. Pourquoi vous avez tué Mona Ghali.

— Parce qu'elle a gâché la vie de gens très bien, dont mon père. Parce que ainsi le monde sera meilleur.

Ça alors ! Je manque tomber à la renverse. Il y a une note d'ironie dans sa voix, mais il paraît sincère. Difficile de l'écouter alors que j'ai encore l'image de Mona gisant sur la moquette de son bureau.

— Elle joue un rôle pivot, vous savez. Enfin, jouait. Jouera. Aurait joué.

Il tousse en égrenant les différents temps.

— Elle était chef de projet à l'énergie dans l'entreprise de mon père. Mais elle a changé de camp, elle nous a mis sur la paille. Grâce à elle, le gouvernement a fourré son nez là-dedans et a démembré la boîte. Elle a détruit l'entreprise qu'il avait fondée et mis quatre mille cinq cents employés au chômage. Mon père s'est pendu dans son bureau avec sa cravate. Il avait cinquante-cinq ans.

Une souffrance brute se lit sur son visage. Je sens la force qui l'a conduit à accomplir cette mission, si horrible soit-elle.

— Et ça ne s'arrête pas là. Ses recherches ne vont pas seulement ruiner des entreprises mais détruire des pans entiers de l'industrie en quelques années à peine : pétrole, gaz, charbon, raffineries, extraction, goudron, gaz de schiste... Vous savez combien de vies en dépendent ?

En le regardant discourir, je remarque que ses yeux sont brillants, vifs – on ne pourrait pas deviner qu'il vient de tuer une femme dans un bureau à cent mètres de là. Peut-être que les actes qu'il commet ici n'ont pas de réalité palpable pour lui. Comme une partie de Monopoly où l'on peut dépenser sans compter.

– Quand je l'ai rencontrée, elle était déjà vieille, c'était un vrai monstre. Priver des millions de gens de leur emploi, détruire l'économie de pays entiers... même son pays d'origine, l'Égypte. Ça lui était complètement égal. Je suis navré de tuer une jeune femme. Franchement, ce n'est pas de gaieté de cœur. Mais c'est pour la bonne cause.

Sa façon de parler m'est familière, très différente de la plupart des gens d'ici. Son phrasé. Il ne maîtrise pas le fameux « euh » à la fin des mots. Il n'a pas suivi d'entraînement intensif, comme nous. Ça me répugne de le reconnaître, mais il s'agit d'un des nôtres, seulement il ne vient pas du même endroit. Le futur dont il parle est différent du mien.

– Alors vous êtes revenu la tuer ? le questionne Ethan sans hausser le ton. C'est bien pour ça que vous êtes venu ?

– Il n'y avait pas que moi à le vouloir.

– Vous étiez accompagné ?

– Non, je suis seul.

Ethan s'accroupit pour le regarder droit dans les yeux.

— Je vais vous raconter une histoire qu'un homme, un bon ami, m'a confiée récemment. Vous m'écoutez ?

L'autre fait la grimace pour montrer qu'il n'en a aucune envie, mais il n'a pas le choix.

— Ça se passe dans soixante ans. Un vieillard malade et dément vit dans un asile non loin d'ici, commence Ethan. Dans une lettre, il supplie mon ami de venir lui rendre visite avant qu'il meure. Celui-ci vient et trouve un fou furieux qui essaie de s'arracher les yeux. Personne ne prête plus attention à ce qu'il dit depuis vingt-cinq ans, alors qu'autrefois, c'était un homme d'affaires puissant.

« Mon ami l'écoute néanmoins et ce pauvre homme lui livre une histoire abracadabrante. Il lui révèle qu'il a voyagé dans le temps. Il a perdu l'esprit, oublié les noms, les dates. Toutes sauf une. Le 17 mai 2014. En fait, il est terrifié à l'idée de l'oublier. Il l'a gravée sauvagement sur sa propre peau. Il est hanté par cette date, il prétend que c'est le jour où il a causé la fin du monde. Il raconte qu'il a fait beaucoup de choses idiotes durant ses voyages et qu'il les regrette toutes, mais que ce qu'il a fait ce jour-là, il a compris depuis que c'était fatal. Mon ami comprend que c'est ce souvenir qui le rend fou.

« Malgré sa démence, le vieil homme se rend compte que le réchauffement climatique s'accélère, que la calotte glaciaire fond, que le manque de nourriture, la famine, l'anarchie couvent. Que c'est inévitable. Et il a raison, sauf que c'est encore pire que ce qu'il croit. Car l'épidémie de peste du sang ne débutera que plusieurs années après sa mort.

« Il est le seul à savoir que le futur qu'il a abandonné était paradisiaque comparé à ce qu'il voit autour de lui. Il est le seul à pouvoir comparer les deux et il sait qu'il est responsable de ce désastre. Il répète en boucle la même prière à mon ami : "Ne me laisse pas faire ça. Je t'en supplie, aide-moi. Tue-moi s'il le faut. Mais ne me laisse pas faire ça."

Ethan se lève. Il se frotte les mains.
— Vous êtes bien entendu conscient que ce vieux salaud qui radote et s'automutile, c'est vous.

CHAPITRE 21

Le soir même, nous nous rendons au commissariat pour faire une déposition. Version simplifiée : Ethan est en stage au labo, c'est un ami de Mona. Nous lui apportions des cadeaux pour son anniversaire. Quand nous sommes arrivés, un homme venait de lui tirer dessus. Un crime passionnel ? C'est possible. Ethan a arraché son arme au meurtrier, l'a poursuivi – vous connaissez la suite. J'avoue avoir jeté le revolver dans les bois. Ethan m'aide à dessiner un plan pour leur permettre de le retrouver. J'explique que je voulais éviter qu'il arrive un autre malheur. Inutile de préciser que nous n'avons pas mentionné nos histoires de voyageurs dans le temps qui détruisent la planète.

Il est tard, nous avons envie de partir. Les officiers de garde ont l'air également assez pressés de boucler l'affaire. Ils nous donnent rendez-vous le lendemain après-midi avec un inspecteur pour répondre plus en détail à ses questions.

Quand nous sortons, je suis au bord de l'explosion.

Tandis que nous rejoignons la voiture, j'interroge Ethan :

— L'histoire que tu as racontée à Andrew Baltos, tu la tiens de mon père ?

— Non.

Je stoppe net.

— Quoi ?

— Il m'en a fourni la trame, tu as rempli les vides et j'ai brodé par-dessus. Mais je n'avais pas fait le lien entre tous les éléments jusqu'à ce que Baltos nous avoue ses motivations, ce soir. J'ignorais qu'il s'agissait d'un voyageur avant d'arriver au labo. Si je l'avais su, on aurait sans doute eu plus de chances de réussir.

Nous passons devant la voiture sans nous arrêter. Nous avons besoin de prendre un peu l'air. Nous marchons dans la nuit, à travers les rues vides, en silence, main dans la main. Pas facile de digérer tout ce que nous venons de vivre.

Je veux lui tenir la main jusqu'à ce que minuit sonne, annonçant la fin de cette journée. Alors nous trouvons une aire de jeux déserte et nous nous asseyons sur la structure d'escalade, en attendant l'heure fatidique. Le ciel est nuageux, on n'aperçoit la lune que par intermittence.

— On était au courant, on a essayé de l'empêcher, et malgré notre intervention, tout s'est passé exactement comme le journal le décrivait, soupire Ethan, abattu.

— Non, pas tout.

— Pas dans les détails, mais le résultat est le même.

Je secoue la tête.

— Non, c'est faux.

Je tape dans la barre métallique en balançant

mes jambes, me demandant comment tourner les choses.

– Dans le journal… j'ai lu que tu étais censé mourir.

Ethan me regarde. Sans un mot.

Je prends une grande inspiration, puis je souffle lentement. Tous mes muscles sont tendus jusqu'au dernier.

– Je m'en suis aperçue ce matin… et depuis, je vis un cauchemar.

Je sors de ma poche la page pliée en tout petit.

– Je me sens un peu coupable car, ce soir, ma priorité ce n'était pas vraiment de sauver Mona Ghali, mais de te protéger, toi.

Il étudie l'article avec attention, déchiffrant les petits caractères sous l'éclairage faiblard de l'aire de jeux.

– Putain, c'est vrai! s'exclame-t-il en secouant la tête. Je suis bien content que ce ne soit pas arrivé.

Et là, je me mets à rire. Ça ressemble à un rire tout du moins.

– Ouais, moi aussi.

– Et je suis content que tu ne m'aies rien dit.

– Franchement? J'ai hésité.

– Oui… enfin, si j'étais mort, je verrais peut-être les choses autrement.

Je laisse à nouveau échapper ce petit bruit qui ressemble à un rire.

Il se tait une minute avant de reprendre:

– Alors, quand tu m'as demandé ce que je voudrais faire avant de mourir, tu étais sérieuse?

Je hausse les épaules.

– Et malgré tout, tu n'as pas exaucé mes

dernières volontés! proteste-t-il d'un air faussement outré.

– On n'a pas eu tellement l'occasion aujourd'hui, si tu y réfléchis. En plus, je n'avais aucune intention de te laisser mourir. Ç'aurait été un petit bonus.

Il rit.

– J'aime bien les bonus, affirme-t-il.

Après un silence, je demande:

– Tu sais ce qu'il y a de bien?

– Quoi?

– Baltos n'a pas mis la main sur ses recherches. Je l'ai vue sauvegarder ses fichiers un à un sur le serveur que tu lui avais indiqué. Tout est en ta possession, maintenant.

Ethan écarquille les yeux.

– T'as raison! C'est génial. Bon sang, c'est une sacrée responsabilité! En rentrant, je vais les copier sur une dizaine de supports différents. Je vais même tout imprimer sur notre fidèle et loyal papier.

– Ben Kenobi serait fier de toi.

Visiblement, ça lui fait plaisir.

– Et tu sais ce qu'il y a de bien aussi?

Il sourit.

– Quoi encore?

– Baltos n'a pas quitté le pays avec un faux passeport. Il est à l'hôpital et, bientôt, il sera en prison.

– Oui, ça, c'est bien aussi.

La lune sort de derrière un nuage. Elle a l'air si proche ce soir. Elle dessine nos ombres sur le goudron, à nos pieds.

– À ton avis, si ton père et toi, vous n'étiez pas intervenus, qu'est-ce qui se serait passé?

– C'est ce que je me demande. Tu étais sans doute au labo pour une raison ou pour une autre. Si je n'avais pas été là, tu aurais eu plus de temps libre.

– Oui, et j'aurais eu besoin de quelqu'un pour m'aider à faire mes problèmes de physique.

Je pouffe.

– C'est ça !

J'ouvre la main, étudiant les longues ombres que projettent mes doigts par terre.

– Peut-être que tu t'es porté au secours de Mona Ghali, comme ce soir. Tu t'es trouvé d'une façon ou d'une autre sur le chemin d'Andrew Baltos. Ou bien, tu passais simplement par là, et tu t'es pris une balle. Ou alors tu n'étais même pas dans le bureau. Peut-être qu'en partant, il était tellement énervé qu'il t'a renversé en voiture. Pff… je ne sais pas.

Il acquiesce.

– Tout est possible.

– Tu sais ce que je crois ?

– Non…

– Qu'on a créé une ouverture. On a officiellement creusé un fossé entre ce que racontait le journal et la réalité. Dorénavant, nous nous dirigeons vers un nouvel avenir. Il ne sera sans doute pas parfait. Il pourrait même être pire. Enfin, j'ai du mal à imaginer comment, vu que tu en feras partie. Mais je n'ai pas besoin de lire le journal de demain pour savoir qu'il sera différent.

Ethan me passe un bras autour des épaules. Nos deux ombres ne forment plus qu'une grosse masse.

– Peut-être qu'on croisera un voyageur venu de ce futur pour nous dire ce qu'il en est.

Je contemple le ciel, en espérant bien que non.
– Peut-être que personne ne le sait.

Nous trouvons un resto encore ouvert à Tenafly où nous picorons des œufs au plat avec des toasts sous une lumière crue. Je repense à Ethan, ce matin, devant le buffet à volonté. La journée a été longue.

Ça va être difficile de fermer l'œil entre la soirée que nous venons de passer et la matinée que nous avons prévue. Nous finissons par nous garer sur le parking d'un supermarché. Nous nous couchons recroquevillés l'un contre l'autre sur la banquette arrière comme s'il ne restait plus que nous deux sur terre.

– Hé, Ethan ?

J'adore prononcer son nom.

– Ouais ?

– Je me sens coupable de ne pas avoir accédé à tes dernières volontés.

Il rit en me serrant un peu plus fort.

– J'espère bien.

– Alors même si, en fait, tu ne vas pas mourir tout de suite, je crois qu'on devrait le faire. Et toi ?

– Tu es sérieuse ?

– Oui, je pense que tu as raison, c'est sûrement un tissu de mensonges. Juste un moyen de nous empêcher d'être heureux.

– Ravi de te l'entendre dire, Henny.

– Bon, on n'est pas obligés de le faire là, maintenant, à la minute. Ce n'est pas trop le moment. Mais bientôt. D'abord, il faut qu'on rentre tous les deux chez nous et qu'on mette un peu d'ordre dans nos vies. Alors peut-être vendredi.

Je prends mes désirs pour des réalités, je sais. J'ignore complètement ce qui m'attend à mon retour, seulement, j'ai besoin de me raccrocher à quelque chose.

– On pourrait se retrouver dans un petit endroit tranquille...

– Au bord de la Haverstraw ? propose-t-il.

– Oui, pourquoi pas. J'apporterai un pique-nique.

– On pourrait camper ! s'enthousiasme-t-il. Je prendrai ma tente et deux duvets.

Il s'interrompt.

– Non, un seul, finalement.

Il repose sa tête sur la banquette et se blottit au creux de moi.

– Ça va être un supplice d'attendre jusqu'à vendredi, murmure-t-il avant de s'endormir.

Je sens son corps contre le mien. Il remue légèrement dans son sommeil. Il faut vraiment avoir toute confiance pour s'endormir dans les bras de quelqu'un.

Je sens le revêtement synthétique contre ma joue. On ne peut pas dire que cette voiture soit confortable, et belle encore moins, mais de tous les endroits où j'ai dormi de ma vie, cette banquette avec Ethan dans mes bras est de loin mon préféré.

J'appelle ma mère aux aurores pour lui demander de nous retrouver au cabinet de M. Robert à neuf heures. Ça ne va pas être une partie de plaisir.

Je lui dis que je vais bien. Que j'espère qu'elle aussi. Je ne veux pas discuter davantage.

En chemin, nous nous arrêtons pour acheter le journal. Le *New York Times* daté du dimanche 18 mai 2014.

– Il me semblait pourtant qu'on l'avait déjà, plaisante Ethan.

Nous nous le passons à tour de rôle, pas franchement motivés pour l'ouvrir.

Pourquoi ? Je ne sais pas. Finalement, Ethan le plie et le range dans son sac. Ça me ferait l'impression de lire le rapport d'autopsie détaillé de quelqu'un que je connais. C'est bien de l'avoir, au cas où. Mais je n'ai aucune envie de le lire.

CHAPITRE 22

À neuf heures pile, nous frappons à la porte du cabinet de M. Robert. Ma mère est déjà là. Je ne vous raconte même pas les regards qu'ils nous lancent quand nous entrons.

Je présente Ethan à ma mère, bien qu'elle l'ait déjà rencontré. On dirait qu'elle a pleuré.

À voix basse, je lui glisse :

— Je suis désolée, Molly. Pardon de te faire subir tout ça.

Puis je me tourne vers Ethan et j'ajoute :

— Et voici M. Robert.

Il a l'air de manquer d'air.

— Robert. Robert tout court, corrige-t-il.

Son cou gonfle comme celui d'une grenouille taureau. Il tire sur son col.

— Ravi de faire ta connaissance... hum, Ethan. Maintenant, je vais te demander de bien vouloir nous laisser. Nous aimerions discuter avec Prenna en privé.

— Je préfère rester, affirme Ethan.

Son ton n'est ni menaçant ni arrogant. Juste déterminé.

M. Robert me toise d'un œil assassin.

— Prenna...

Il se racle la gorge.

— Je pense que les gens qui tiennent le plus à toi, comme ta mère et ton amie Katherine Wand, apprécieraient que tu sois raisonnable et que tu t'entretiennes avec nous en privé.

Je jette un regard à ma mère. Je n'arrive pas à déchiffrer son expression. Physiquement, au moins, elle paraît indemne.

— Tu leur as rendu la vie vraiment difficile et cela va empirer, ajoute-t-il avec toute la compassion dont il est capable.

Pas question que j'entre dans son délire. De toute façon, je n'ai pas le temps.

— Asseyons-nous, dis-je.

Ethan et moi, nous joignons le geste à la parole.

— Nous allons discuter librement et en toute franchise, tous les quatre, ce qui va vous mettre affreusement mal à l'aise. Mais avec un peu de chance, vous vous y habituerez.

— Prenna.

Cette façon de prononcer mon prénom comme un rappel à l'ordre. Un grand classique de M. Robert.

— Alors, pour commencer, dis-je, Ethan sait qui nous sommes. Ce n'est plus un secret.

— *Prenna*.

M. Robert va vraiment s'étouffer.

— Tu préfères sans doute rester prudente.

Je le toise avec froideur.

— Non, pas du tout.

— Prenna, tu es sûre...

Ma mère ne sait visiblement plus où se mettre.

— Ethan est au courant, pas parce que je le lui ai dit, mais parce qu'il se trouvait au bord de la rivière en avril 2010 quand nous sommes arrivés. Il a remarqué les perturbations atmosphériques là où débouche le tunnel. Il m'a vue, bien que je n'en aie aucun souvenir. C'est lui qui m'a donné le sweat des Giants. Vous vous en souvenez? Vous m'avez torturée pendant des jours et des jours à ce propos.

Je fixe M. Robert en demandant :
– Vous ne vous asseyez pas ?
Je prends le bol sur la table.
– Un bonbon ?
Ils ne répondent rien. Je m'y attendais un peu. M. Robert ne veut pas risquer de dire quoi que ce soit qui pourrait se retourner contre lui devant Ethan. Et ma mère adopte la même conduite. Ça va me faciliter les choses.

– Mais nous ne sommes pas là pour parler de ça, dis-je.

M. Robert se décide à s'asseoir dans son fauteuil d'interrogatoire. Ma mère l'imite, se posant du bout des fesses sur un coin de canapé.

– Je suis venue pour vous dire de me laisser tranquille, monsieur Robert. Et de permettre à Katherine de rentrer chez elle, puis de la laisser tranquille également. Et ma mère aussi. Même si elles n'ont rien demandé, moi, je vous le demande.

– Ah oui, vraiment ? crache-t-il, écarlate.

– Oui. Je n'ai pas peur de vous et je n'ai pas peur des règles. Je n'ai même plus peur d'enfreindre les règles les plus importantes. L'avenir auquel vous vous cramponnez, celui d'où nous venons, ne résulte pas de l'ordre naturel des choses. Il a été créé par un voyageur, le fameux voyageur n° 1. Il existe. Nous l'avons rencontré.

J'ignore s'il a édicté les douze règles de la communauté, mais si c'est le cas, ce n'était que pour mieux les enfreindre, l'une après l'autre.

Silence. Sous le coup de la surprise, ma mère a quitté son masque impassible.

– Ethan et moi, nous n'essayons pas de perturber l'ordre naturel des choses, au contraire, nous voulons le rétablir.

– Mais d'où tiens-tu tout ça, Prenna ? demande ma mère.

M. Robert lui jette un regard noir parce qu'elle a osé ouvrir la bouche.

– Un certain Andrew Baltos est arrivé ici, en provenance du futur. Je ne sais pas exactement quand ni comment, mais j'en suis certaine. Je sais que sa version du futur était différente et nettement moins catastrophique que la nôtre et je crois que la différence vient de ce qu'il a fait pendant son séjour ici et maintenant.

M. Robert semble complètement abasourdi. Je me demande si les conseillers sont au courant de tout ça.

Je m'efforce de résumer de façon claire et simple tout ce qui s'est passé le 17 mai 2014. Je m'adresse surtout à ma mère, parce que je sens qu'elle m'écoute.

– C'est parfaitement louable de vouloir protéger l'ordre naturel des choses. Nous avions tout à fait raison de nous en soucier. Mais sachant que tout a été perturbé et transformé par un autre voyageur, je pense qu'il est juste d'essayer de le rétablir et de limiter les dégâts. Nous n'avons pas réussi à sauver Mona, mais nous avons mis ses recherches en lieu sûr et nous avons arrêté Baltos, pour le moment.

Je consulte Ethan du regard. Je préfère ne pas leur dire qu'il était censé mourir, ni leur parler de Poppy. Ça fait un peu trop d'un coup.

— Je pense que nous avons fait ce qu'il faut pour ouvrir la voie à un nouvel avenir. Du moins, je l'espère. Même vous, monsieur Robert, admettez-le, quel est l'intérêt de préserver à tout prix un futur aussi désastreux ? Autant arrêter et essayer de construire un avenir meilleur, vous ne pensez pas ?

Je le regarde. Visiblement, non, il ne pense pas.

— Je ne dis pas qu'il faut révéler aux gens d'ici qui nous sommes. Je préfère garder le secret. Nous avons beaucoup plus d'impact de cette façon. Mais je veux que vous sachiez que je n'hésiterai pas à le faire si vous m'y forcez. Vous comprenez ?

C'est une question rhétorique. Je ne m'attends pas à ce qu'il acquiesce.

— Je pense qu'il est temps de nous intégrer réellement, d'arrêter la surveillance, les intimidations et les sanctions. De jeter lunettes et comprimés. Ils ne nous font aucun bien, au contraire, et vous le savez très bien, monsieur Robert.

Je me tourne vers ma mère.

— Depuis que j'ai arrêté de prendre les cachets, j'ai retrouvé une vue parfaite. Je n'ai plus besoin de lunettes. Ils s'en servent pour nous espionner.

J'étudie son visage, son regard baissé.

Je me demande si elle était au courant. Je préfère croire que non. Mais rien n'est moins sûr.

— Molly, tu devrais te renseigner sur la composition de ces comprimés, si tu ne la connais pas déjà.

S'ils contiennent un ingrédient bénéfique, alors il faut le séparer du poison qui nous rend aveugles.

Elle lève les yeux vers moi. Je vois que maintenant elle a une foule de choses à me dire. De questions à me poser. Ses pupilles brillent d'un éclat que je n'avais pas vu depuis longtemps. Mais elle ne peut pas parler ici.

– Nous allons essayer de réparer au mieux les dommages causés par Andrew Baltos, tout en menant une vie de bons citoyens, et voir où cela nous mène. Voilà ce qu'on doit faire, je pense.

Silence.

– Je sais, je sais, monsieur Robert. Vous avez de grands projets pour moi. Vous aviez prévu de m'enlever cette nuit, peut-être même avant, pour me mettre hors d'état de nuire. Même pour le dixième de ce que j'ai fait, vous auriez voulu me punir.

Ma mère paraît horrifiée, mais elle sait que c'est vrai.

– Prenna…

– C'est bon. Ils n'oseront pas. Ils vont me laisser tranquille.

Je me tourne vers M. Robert pour le regarder bien en face.

– Je vais vous expliquer pourquoi.

Je m'interromps afin de chercher la caméra des yeux, il y en a sûrement une, cachée quelque part.

– Je suis convaincue que Mme Crew et les autres dirigeants assistent à cette entrevue. Si ce n'est pas le cas, je vous invite à leur rapporter mes propos au plus vite. À part Ethan, personne n'est au courant de tout ça pour le moment. Et

Ethan est digne de confiance. Il gardera le secret, comme il le fait depuis quatre ans déjà. Seulement, si vous touchez à un seul de mes cheveux, ou de ceux de Katherine ou de ma mère, ce sera fini. J'irai immédiatement prévenir les Services de l'immigration. Quand ils voudront régulariser notre statut, cela promet d'être très intéressant, c'est le moins qu'on puisse dire. Ensuite, j'irai voir le Trésor public, puis la Protection de l'enfance et enfin la police. Sans compter les délits mineurs – kidnapping, surveillance illégale et administration de drogues –, vous avez commis d'autres actes qui pourraient être considérés comme extrêmement problématiques au regard de la loi.

J'espère bien que Mme Crew assiste à la scène.

– Et grâce à vous, tout a été enregistré.

Ethan m'adresse un demi-sourire. J'avoue que je m'amuse. J'adore la vérité. Vraiment. Et je déteste M. Robert. Vraiment.

Alors pourquoi s'arrêter en si bon chemin ?

– Monsieur Robert, vous vous dites sûrement : « Elle bluffe. De toute façon, on ne lui en laissera pas le temps. Sitôt que sa mère et le garçon auront tourné le dos, on l'éliminera. » Mais vous vous trompez. Si vous vous débarrassez de moi, Ethan réunira toutes les informations et les transmettra aux autorités compétentes. Ma disparition sera la preuve formelle que nous disons vrai. Ethan est futé. Il sait tout de nous. Il est doué en piratage informatique. Il a déjà sauvegardé les fichiers sur de nombreux serveurs. Il a tout prévu pour qu'ils soient automatiquement envoyés aux administrations que je viens de vous citer ainsi qu'aux médias, si jamais il lui arrivait quelque chose. Je suis sûre que ça les intéresserait. Franchement, vous feriez la une des journaux pendant des mois.

Ça suffit, je devrais m'arrêter là, seulement je n'y arrive pas.

– Si vous choisissez cette option, faites-vous blanchir les dents et essayez de perdre quelques kilos avant, monsieur Robert, parce que les caméras, ça grossit. Et vous n'avez pas besoin de ça !

Il faut que je me taise. C'est bon, j'ai tout dit.

– Donc vous pouvez prendre cette voie. Ou bien nous pouvons, comme je l'ai suggéré, continuer à vivre en citoyens normaux, respectueux des lois, et voir où ça nous mène. À vous de décider.

Rien. Silence. Je n'arrive même pas à déchiffrer l'expression de ma mère.

– Pas besoin de me donner votre réponse immédiatement, dis-je. Vous pouvez en discuter avec les dirigeants. Si vous préférez suivre mes suggestions, alors je veux que mon amie Katherine soit chez moi à cinq heures au plus tard demain soir. Plus de formidable internat ni quoi que ce soit de ce genre. Si elle est là à l'heure dite, je comprendrai que le marché est conclu. Sinon, je filerai à l'immigration. Ou Ethan s'en chargera si je ne suis pas en état. Et si lui non plus ne peut pas, l'un de ses nombreux serveurs lancera la procédure.

Je me lève pour aller me planter devant « mon conseiller ». Tout près, qu'il sache que je suis sérieuse.

– Je n'ai pas peur de lever le secret, monsieur Robert. Je n'ai rien à perdre. Je n'hésiterai pas. Mais je préférerais éviter. Je préférerais qu'on vive tous en paix, tranquilles, tout en préparant un meilleur avenir. Mais plus de menaces, plus de sanctions, plus de surveillance.

Je le fixe un instant.

– C'est fini.

CHAPITRE 23

C'est une journée chargée.

Ethan rentre chez lui rassurer sa mère, bidouiller quelques trucs sur son ordinateur et restituer la voiture à son voisin. Il n'a plus cours, mais il doit passer au lycée pour régler deux ou trois détails. Nous avons promis de revenir au commissariat à une heure afin de répondre aux questions d'un inspecteur concernant le meurtre. Après quoi, nous filons au box de stockage, dans le Bronx. Quand nous arrivons à l'hôpital de Teaneck, il est presque six heures du soir.

Dans une grande enveloppe, j'ai apporté les trois derniers mois de ma sauvegarde mémoire, une copie de ma dissertation inachevée sur la première peste du sang et deux ou trois lettres que j'ai écrites à mon frère. Je veux montrer à Baltos ce qu'était « mon » futur. Je suis sûre qu'il trouvera un moyen de lire les cartes mémoire. Peut-être qu'il ne sortira jamais de prison. Mais, au moins, j'espère que ça changera sa façon de voir les choses.

Nous avons dû demander à l'inspecteur l'autorisation de lui rendre visite, et nous avons bien entendu accepté la présence de l'agent armé posté devant sa porte.

C'est bizarre, quand nous entrons dans sa chambre, Baltos n'a pas l'air mécontent de nous voir. À part son gros pansement à la jambe, il paraît plutôt en forme. Il nous accueille presque comme des amis.

– C'est gentil de passer, dit-il avec une légère pointe d'ironie seulement.

Il se tourne vers Ethan.

– Qui es-tu? Je n'ai pas arrêté d'y penser depuis hier. Même pendant mon sommeil, ça m'a tracassé. Je te connais.

Ethan secoue la tête.

– Je ne pense pas. Si je vous avais déjà rencontré, je m'en souviendrais.

– Je ne parle pas de cette époque. Non, bien plus tard. Dans les années 2060. Tu étais beaucoup plus âgé, mais je suis sûr de te connaître.

Ethan hausse les sourcils.

– Normal que je n'en aie aucun souvenir, alors.
– Dis-moi ton nom, ça me reviendra peut-être.
– Ethan Jarves. Je suis né en janvier 1996.
– Oh, non… c'est pas vrai!
– Si.
– Évidemment. Le chercheur.
– Je ne sais pas. Je vais faire de la recherche?
– Oui, tu travaillais avec Mona, mais tu n'étais pas comme elle. Tu étais mon héros. J'ai toujours voulu te rencontrer.

Il a les yeux brillants. Presque trop. Je crois que ça y est, à ses yeux, Ethan est passé du statut de pion de Monopoly à personne réelle.

J'ai aussi les yeux qui brillent. Ça m'intéresse, cette version du futur où mon bien-aimé Ethan devient un grand chercheur.

Je suis de plus en plus convaincue que la personne qu'il fallait empêcher de mourir le 17 mai n'était pas Mona mais Ethan.

— Tu es un expert en voyage temporel, reprend Baltos. En fait, j'espérais que tu pourrais m'aider à retourner là-bas.

Il laisse échapper un rire étrange.

— J'ai une amoureuse là-bas, mon premier amour, et elle me manque terriblement.

On dirait qu'il plaisante, mais pas complètement.

— Je n'ai aucune idée de comment procéder, avoue Ethan. Je ne suis pas encore un chercheur, je n'ai que dix-huit ans.

Baltos acquiesce lentement, les larmes aux yeux.

— Je ne retournerai jamais là-bas, hein ?

Il nous regarde tour à tour, Ethan et moi.

Cette fois, il est vraiment sérieux. Je réalise avec une certaine amertume que le futur dont il vient doit être sacrément mieux que le mien pour qu'il ait envie d'y retourner.

— Non, je ne pense pas.
— Moi non plus.

Il pousse un profond soupir.

— Bah... C'est toi, l'expert en la matière. Tu es un type brillant. Une chance que je ne t'aie pas tué hier.

Je serre la main d'Ethan dans la mienne en me mordant les lèvres pour ne pas hurler.

Lui, il fait preuve d'un calme remarquable.

— Ouais, moi aussi, je préfère.

J'inspire profondément pour tenter de me reprendre.

– Monsieur Baltos, j'ai une question à vous poser.
– Vas-y.
– Qui est Teresa Hunt ?
– Une de mes ex.
– Et Jason Hunt ?
Tout à coup, il perd son assurance.
– Son fils. Enfin, c'est mon fils aussi, selon elle.
– Allan Cotes ?
– Le type qu'elle a épousé y a deux ans. Il élève le gamin.
– Vous savez où elle se trouve en ce moment ?
– Non, ça fait au moins un an que je ne lui ai pas parlé.
– Et Josie Lopez ?
– Waouh, c'est quoi, un interrogatoire ?
Il me fixe en plissant les yeux.
– C'est aussi une ex. Pourquoi ?
– Toutes ces personnes ont été hospitalisées à cause d'un mystérieux virus. Et je pense que c'est en rapport avec vous.
– Bon Dieu. C'est vrai ?
Il paraît sincèrement surpris.
– Sûr et certain ?
– Presque, oui.
Il secoue la tête.
– Je ne suis pas malade. Je n'ai rien eu de sérieux depuis que je suis ici. Je ne souffre d'aucun virus mystérieux, je vous assure.
Je réfléchis avant de demander :
– En quelle année êtes-vous parti pour venir ici ?
Il hausse un sourcil.

— Avril 2068. Je n'ai jamais confié à qui que ce soit d'où je venais. À part vous deux, personne n'est au courant.

— C'est sans doute mieux. Et quand vous êtes parti, y avait-il eu des épidémies graves ? je l'interroge. Avez-vous entendu parler de la peste du sang ? On l'appelle aussi le virus Dama X.

— Jamais entendu parler. On avait éradiqué le sida, à l'époque. Il y avait des épidémies de grippe aviaire, ce genre de trucs. Rien de spécial, quoi.

— D'accord, ce sera tout. Merci.

Je me tourne vers Ethan.

— On peut y aller.

Je tends mon enveloppe à Baltos.

— Jetez-y un œil quand vous aurez le temps. Vous verrez à quel point l'avenir a changé après votre venue.

Il repose la tête sur son oreiller. Il semble surpris, un peu inquiet, mais pas complètement fermé à cette idée.

— Tu as apporté des choses avec toi ?

— Pas moi, mon père.

— D'accord, je regarderai.

Nous sommes sur le pas de la porte lorsqu'il toussote. Nous nous retournons d'un seul mouvement.

— J'ai dit que j'étais content de ne pas t'avoir tué hier, Ethan, mais maintenant que j'y pense, finalement, je regrette.

Super, j'espère qu'il n'a pas l'intention de passer à l'acte.

— Pourquoi donc ? je demande.

— Sans lui, je ne serais pas là. Je serais chez

moi avec ma copine. Hier ne serait pas arrivé. Rien de tout cela ne se serait produit.

Ethan le dévisage, méfiant.

– Comment ça ?

– C'est à cause de toi que je suis là. Tu m'as parlé du jour où tu pêchais au bord de la rivière quand tu étais gamin. Tu m'as même montré un dessin. C'est comme ça que j'ai su comment venir.

Quand j'arrive enfin chez moi, il fait nuit, il est tard. Ethan veut entrer, je l'en dissuade. Je ne veux pas aller trop vite avec ma mère.

Alors que je glisse ma clé dans la serrure, j'imagine une sorte de *remake* de la dernière fois que je suis rentrée. Je pénètre dans le vestibule, mais cette fois le visage inquiet de ma mère n'est pas là pour m'accueillir. Je jette un coup d'œil dans la salle à manger, nulle trace du duo tant haï. Je vérifie toutes les pièces pour être sûre. Je me suis préparée à une embuscade… pour rien. Ma mère n'est même pas à la maison.

J'allume la lumière dans le salon. Je fais signe à Ethan par la fenêtre comme promis pour lui indiquer que la voie est libre. Il attend quelques secondes avant de démarrer. Je crois qu'il a du mal à me laisser. J'ai du mal à le voir partir.

En éclairant dans la cuisine, je vois un mot et une boîte de Mallomars sur le plan de travail. Mon cœur s'emballe. J'adore les Mallomars. Ma mère essaie de me dire quelque chose.

Prenna,

J'ai une réunion ce soir. Régale-toi bien avec les

gâteaux, passe une bonne nuit, on se voit demain matin. On a beaucoup de choses à se dire.

*Bisous
Maman*

Je déguste mes biscuits. J'en mange cinq d'affilée, assise sur le plan de travail. Puis je bois un grand verre de lait. Je savoure ces plaisirs tout simples. Je ne veux plus réfléchir à quoi que ce soit aujourd'hui.

Ensuite, je me traîne jusqu'à mon lit. Je n'ai jamais été aussi fatiguée. J'espère que je ne vais pas me réveiller sur la banquette arrière de M. Douglas ou ligotée dans le sous-sol de la ferme. Je suis tellement fatiguée qu'ils pourraient me kidnapper sans que je m'en rende compte.

J'ai reçu un message d'Ethan sur mon portable.

C'est bientôt vendredi alors ?

CHAPITRE 24

Le lendemain matin, je ne me réveille pas dans le sous-sol de la ferme mais dans mon lit bien chaud. Il est dix heures moins le quart, j'ai un rayon de soleil dans l'œil et un fumet de bacon me chatouille les narines, du bacon et... quoi d'autre ? Des crêpes ?

J'ai l'impression d'avoir atterri dans une autre famille. Je crois que ma mère n'a jamais préparé de vrai petit déjeuner depuis que nous sommes ici.

Ébahie, je la regarde s'affairer dans la cuisine. Non seulement elle a fait des crêpes, mais ce sont des crêpes aux myrtilles. Elle a mis la table pour deux, avec des sets de table, des serviettes en tissu, et tout et tout. Comme dans une vraie famille.

– Génial ! dis-je en m'asseyant. Merci !

Elle me lance un regard par-dessus sa tasse de café. Puis elle ôte ses lunettes et va les enfermer dans le tiroir du buffet.

– J'ai l'impression d'émerger d'un long sommeil.

Jamais je ne l'ai entendue dire quoi que ce soit d'aussi positif.

Elle a de beaux yeux sans ses lunettes, même si je doute qu'elle y voie vraiment.

Nous avons en effet beaucoup de choses à nous dire. Beaucoup de questions entre nous, en suspens. La première est aussi la plus dure à aborder. Dommage de gâcher un si beau petit déjeuner, mais c'est inévitable.

– C'était Poppy, tu sais.

Elle pose sa tasse, à nouveau sur ses gardes.

– Ce serait plus confortable de ne pas y croire, mais c'était lui.

Elle encaisse le coup. Son couteau et sa fourchette tremblent dans ses mains.

– Pourquoi est-il resté à l'écart, loin de nous, selon toi ? demande-t-elle.

– Il voulait nous protéger le plus longtemps possible. Accomplir sa mission sans risquer de mettre qui que ce soit en danger, à part lui-même.

Elle arrête d'essayer de manger ou même de fixer son regard sur quelque chose. Elle a l'air perdue.

– C'est lui qu'il faut remercier. Il savait que l'avenir bifurquait le 17 mai. Il a réuni toutes les informations nécessaires afin de trouver la date précise, il les a mises de côté pour être sûr qu'elle ne passe pas sans qu'on agisse.

Elle hoche timidement la tête.

– Il a rapporté un tas de trucs incroyables avec lui. Il a tout entreposé à l'intérieur d'un box de stockage dans le Bronx. Quand tu seras prête, je t'y emmènerai. Il y a des souvenirs de notre famille, nos sauvegardes mémoire et des milliers de dollars, dont de nombreux billets émis dans le futur.

Ma mère est abasourdie, complètement dépassée. Il va lui falloir du temps pour digérer tout ça.

– Il y a des journaux publiés dans les années à venir. Qui, j'espère, donnent désormais des informations complètement fausses. Tu pourras peut-être m'aider à les trier.

Je prends une gorgée de jus d'orange.

Elle garde les yeux rivés sur son assiette.

– J'aurais aimé être au courant, murmure-t-elle. J'aurais aimé qu'il m'en parle.

Sa voix est étranglée par les larmes. Elle a de plus en plus de mal à les retenir. Nous avons un accord tacite depuis que nous sommes arrivées ici : on ne pleure jamais en présence l'une de l'autre.

J'essaie d'imaginer ce qui se serait passé si Poppy l'avait contactée. Qu'est-ce qu'il lui aurait dit ? Comment aurait-elle réagi ? Cela aurait détruit la paix fragile qu'elle avait fini par trouver ici.

– Vraiment ? dis-je.

Je scrute son visage. Je me demande si elle imagine la même chose que moi.

– Peut-être pas. Peut-être que c'était généreux de sa part de me laisser en dehors de ça.

Dans le silence qui s'ensuit, je me rends compte que ce n'est pas tout. Je me sens si triste, si vieille tout à coup. Mon père était un bel homme, puissant. Quand nous l'avons laissé, c'était un visionnaire, un leader d'opinion. Mais lorsqu'il est arrivé ici, il était vieux, affaibli, malade, en exil. Il préférait sans doute que sa femme et sa fille se souviennent de lui tel qu'il était quand elles l'avaient quitté.

Je me remémore son visage, au centre social, et je comprends qu'il n'avait aucune envie que je le reconnaisse, que je comprenne que c'était mon Poppy, que cette nouvelle identité remplaçait l'ancienne. Il avait honte.

Un peu avant onze heures, ce matin, je reçois un appel de l'hôpital de Teaneck.
— Prenna James ? demande mon interlocutrice.
— Oui ?
— J'ai un paquet pour vous.
— Ah bon ?
— Oui, voulez-vous passer le chercher ou préférez-vous me donner votre adresse pour que je vous le fasse suivre ?
— Vous savez de qui il vient ?
— C'est Andrew Baltos qui l'a laissé pour vous.
— Il est parti ? Déjà ?
— Oh…
Elle se tait un instant.
— Vous n'êtes pas au courant, alors. Je croyais que vous saviez.
Mon cœur bat à tout rompre.
— Quoi ?
— Je suis au regret de vous apprendre que M. Baltos n'est plus des nôtres. Il s'est pendu dans sa chambre à six heures ce matin.

En me rendant à Teaneck pour récupérer le paquet, j'appelle Ethan de la voiture. Je lui raconte ce qui s'est passé. Je pleure et je ne sais même pas pourquoi. Andrew Baltos était un assassin qui a sans réfléchir ruiné notre avenir. C'est aussi sûrement lui qui a tué mon père et mieux vaut qu'il soit mort.
Ce sont sans doute des larmes de soulagement. Mais quand j'imagine Baltos sur son lit,

regrettant de ne pouvoir rentrer chez lui retrouver son amoureuse, je suis obligée d'avouer que c'est un peu plus compliqué que ça. Sa mort se confond avec les autres morts dont j'ai été témoin ces derniers jours. Je pleure des larmes différentes pour chacune d'elles.

Le paquet m'attend à l'accueil. C'est mon enveloppe, je m'en doutais. Baltos a tenu à me rendre mes documents. J'attends d'être dans l'intimité de ma chambre pour l'ouvrir.

Tout y est, mais il y a aussi une lettre.

Chère Prenna,
Teresa Hunt est morte. Son fils – mon fils – Jason, aussi. Allan Cotes également. Je l'ai découvert en passant plusieurs appels après votre départ. Josie Lopez n'est pas morte, mais sa mère m'a dit qu'elle était gravement malade. Je suppose que ce n'est qu'une question de temps.

Je n'avais absolument pas conscience d'être porteur de ce virus. Si j'avais su, je n'aurais jamais… Enfin, bref. Je suis la cause. J'ai lu votre rapport. Je sais ce qui va se produire.

Les deux autres personnes avec qui j'ai eu des rapports depuis mon arrivée sont Dana Guest et Robin Jackson. Je vous ai noté leurs coordonnées ci-dessous avec celles de Josie.

Je vous en prie, pouvez-vous arrêter cette catastrophe qui va arriver par ma faute ? Je ne sais pas si vous pouvez, mais je vous supplie de tout faire pour essayer.

Je contemple la lettre un moment. Je la plie et je sors le classeur rouge de mon père. Puis je descends dans la cuisine pour confier les deux à ma mère.

J'ai joué la fille sûre d'elle et détendue avec ma mère et M. Robert hier, mais à mesure que l'après-midi avance, je commence à suer à grosses gouttes. Je fais les cent pas dans ma chambre et jette un coup d'œil par la fenêtre toutes les deux secondes. À quatre heures et demie, je n'y tiens plus, je descends, je sors et me mets à arpenter la pelouse devant la maison. Comme ça, je la verrai dès qu'elle arrivera.

Ma mère s'est enfermée dans sa chambre depuis que je lui ai donné le classeur rouge et la lettre de Baltos. Je l'ai entendue parler au téléphone à plusieurs reprises. J'apprécierais qu'elle me tienne compagnie mais je n'ose pas la déranger.

Je fixe la route, au loin, en me demandant ce qu'elle espère. Comment elle a envie que ça tourne.

En fait, je le sais.

Je le sais à cause du petit déjeuner qu'elle a préparé. Elle veut arranger les choses. Elle veut que tout aille bien pour nous. Et pour la première fois, je crois qu'elle espère davantage également.

Je sais au fond de mon cœur que, s'ils laissent Katherine revenir, ça ira mieux pour nous. Ce ne sera pas facile, mais on s'en tirera tant bien que mal. Ma mère réussira peut-être même à être heureuse quelques secondes. Ce serait un grand pas. Difficile à imaginer, mais pas impossible.

À cinq heures deux, je me suis résignée à mon triste sort, quand une voiture grise s'arrête devant chez moi. Katherine en sort. Mlle Cynthia est au volant avec son air sinistre. Ça m'est complètement égal. Je saute au cou de Katherine. Elle paraît un peu secouée, mais néanmoins contente de me voir.

– Ça va ? je demande.
– Oui, oui. Mais qu'est-ce que tu as fait ? L'ambiance était vraiment bizarre dans la voiture, me glisse-t-elle.

Je la serre dans mes bras à l'étouffer. Quel bonheur de la retrouver. Je suis en larmes.

– Tout va changer ! dis-je sans me soucier de qui m'entend ou pas. J'ai tellement de choses à te raconter.

Au bout de quelques minutes, Katherine remonte dans la voiture pour rentrer chez elle retrouver son père. Mlle Cynthia ne démarre pas immédiatement, elle me toise par la fenêtre ouverte.

– Tu n'auras jamais ce que tu veux, tu sais, me lance-t-elle.

C'est une araignée pleine de venin.

Je me tourne vers elle.

– De quoi parlez-vous ?
– Tu auras beau rejeter tous nos principes, tout ce que nous avons essayé de faire, crache-t-elle, si tu tiens à ce jeune homme et si tu veux bâtir un meilleur avenir, comme tu le prétends, tu ne pourras pas l'avoir. Pas comme tu l'espères.
– Vous vous trompez.

– Tu verras.
Je ne peux cacher ma surprise et mon dégoût.
– Essaie de prendre l'air un peu moins bête, Prenna.

CHAPITRE 25

Évidemment, le soir, je n'arrive pas à fermer l'œil.

Je prépare mon sac pour vendredi. Qu'est-ce qu'il faut emporter pour ce genre d'escapade ? Je contemple la pile de sous-vêtements en coton dont mon tiroir est rempli, les débardeurs et les shorts que je porte comme pyjama. Je ne sais pas quoi faire. Avant, je n'aurais même jamais pu rêver d'une sortie pareille. Dans mon sac, je fourre une boîte de Tic-Tac à la menthe, les écouteurs de mon téléphone.

Soudain, j'ai une idée. Je tire ma chaise de bureau devant mon placard afin de pouvoir atteindre la dernière étagère. À tâtons, je cherche le sweat des Giants. Je le sors et le déplie. J'enfouis mon visage dedans au cas où il y resterait quelques molécules d'Ethan.

Puis je prends le temps de préparer une playlist sur mon portable. Qui sait ?

Je souris en voyant le message qui s'affiche soudain :

43 heures.

Je regarde l'heure sur le téléphone, puis je calcule dans ma tête et je tape :

42 heures et 40 minutes.

Une minute s'écoule.

42 heures et 39 minutes.
Je t'aime.
Je t'aime.

On frappe à ma porte. Je me redresse en sursaut. Ma mère passe la tête dans l'entrebâillement.
— Tu dors ?
— Non.
— Je peux te parler un instant ?
— Bien sûr.
À ma grande surprise, elle s'assied sur mon lit.
Il fait sombre, seule la lueur de la lune éclaire ma chambre. Pourtant, elle a encore ôté ses lunettes. Elle a le classeur rouge sur les genoux.
— J'ai lu les documents que tu m'as transmis.
— C'est incroyable, hein ?
— En effet. Et tu dis qu'il s'est suicidé ?
— Oui, tôt ce matin.
Elle pousse un profond soupir en secouant la tête.
— Il explique pourquoi dans sa lettre, dis-je.
— Oui, et je le comprends.
Elle baisse les yeux vers le classeur.
— Tu nous as fourni des informations extraordinaires. Entre la liste de patients et notre connaissance du futur, nous avons un espoir d'endiguer l'épidémie. Jamais je n'aurais osé rêver que ce soit possible.

Son visage s'anime, je l'ai rarement vue comme ça. Je suis tellement fière, tellement contente.

– Tu crois vraiment ?

– À moins que nous rencontrions une difficulté insoupçonnée. Un voyageur venu d'une autre époque ou…

Elle me jette un regard.

– … autre chose.

Elle me prend la main.

– Mais ces informations couplées à mes connaissances de médecin et à ce que j'ai pu constater à Postremo me donnent bon espoir.

C'est la première fois que j'entends ce mot dans sa bouche. Que je vois cette expression sur son visage.

– Baltos a donc apporté la peste avec lui et a commencé à la propager ici ?

– Pas exactement. Je pense qu'il n'y avait pas d'épidémie dans son futur, tout du moins pas de cette maladie-là. Je ne pense pas qu'il l'ait rapportée, plutôt qu'elle est partie de lui. Il devait être porteur d'un virus ou d'une combinaison de virus touchant les oiseaux ou les porcs de son temps. C'est comme ça que ça se passe en général. Elle était tout à fait inoffensive pour lui et les gens de son époque, mais il l'a transmise à ses partenaires sexuelles et à ses relations ici et, sur elles, elle a eu un effet dévastateur. Il est plausible que la peste du sang ait débuté de cette façon.

– D'accord, fais-je lentement.

– Apparemment, le virus se transmet par le sang à ce stade, mais j'ignore s'il est très contagieux ou pas. Nous n'avons pas de test pour le détecter, mais j'espère pouvoir en mettre un au point grâce aux informations que tu m'as fournies.

Je commence à entrevoir avec angoisse les conséquences de ce qu'elle vient de m'apprendre.

– Donc quand les dirigeants disaient que les microbes dont nous étions porteurs risquaient d'être dangereux pour les natifs du temps présent, ce n'était pas pour nous faire peur ?

– Si, sans doute en partie, mais hélas c'est aussi vrai.

– Alors ce n'est pas un pur mensonge comme les comprimés ?

Ma mère soupire, bouleversée.

– Non, désolée. Je sais ce que tu penses de M. Robert et des autres. Je partage ton sentiment. Je ne cautionne absolument pas leurs méthodes mais, pour la plupart, les règles ont une raison d'être. La prudence et la discipline qu'elles nous imposent sont cruciales. Andrew Baltos a agi en égoïste, sans réfléchir un seul instant. Il a tué une jeune femme, couché avec plusieurs natives du temps présent, eu un enfant. Par égard pour les gens d'ici, nous ne ferions jamais ce genre de choses.

J'acquiesce. Je sais qu'elle a raison.

– Tu penses que M. Robert et les dirigeants vont nous laisser tranquilles ? Ils ont ramené Katherine, mais j'ai du mal à y croire.

– Si tu respectes ta part du marché, ils feront de même. S'ils ne tiennent pas leurs promesses, tu auras le soutien de tous les membres de la communauté que je pourrai mobiliser.

Je la reconnais difficilement.

— Vraiment ?

— Mieux que ça, j'espère que nos dirigeants vont laisser la place à d'autres. J'en ai assez d'être en retrait. À la réunion d'hier, j'ai demandé à ce qu'on en prévoie une autre demain, avec tous les membres de ma génération. J'ai déjà fait circuler l'information au sujet des comprimés. J'en ai parlé à l'équipe médicale, une seule personne était au courant, tous les autres l'ignoraient. Si la réunion se passe bien demain, nous élirons de nouveaux dirigeants, de nouveaux conseillers et de nouvelles règles. Ou tout du moins, nous commencerons. Je vais plaider en personne pour que cette surveillance de tous les instants cesse immédiatement.

Je suis abasourdie. Abasourdie par son ton, sa détermination. Je ne la reconnais plus, mais je suis contente qu'elle soit là.

Elle me dévisage avec attention. Je lis de la compassion dans ses yeux, et je ne comprends pas trop pourquoi.

— Mais tout ne changera pas, tu sais.

— Le plus important, oui, dis-je avec exaltation. Adieu, les dirigeants et les conseillers. Plus d'interrogatoires avec M. Robert ni avec cette sorcière de Cynthia. Plus de lunettes. Je n'en avais jamais espéré autant.

J'ai tellement hâte d'annoncer tout ça à Ethan. Il ne va pas en revenir.

Elle me prend à nouveau la main.

— Ce n'est pas vraiment le plus important.

Je n'aime pas le ton de sa voix, il y a quelque

chose qui me chagrine. Je persiste, butée comme une enfant :

— Si, c'est important pour moi.

— Si nous voulons que le monde se remette à tourner rond, que le temps reprenne son cours normal, que les conséquences des actes d'Andrew Baltos soient contrées, nous devons nous montrer encore plus prudents. C'est la leçon que nous devons tirer de ses agissements. Et cela confirme ce que l'on craignait. Nous ne sommes pas libres de mener la vie que nous voulons. Nous ne pouvons révéler au reste du monde qui nous sommes ni d'où nous venons. Cela créerait une pagaille monstrueuse et il deviendrait impossible d'empêcher les voyages dans le temps à l'avenir. Nous devons garder notre secret, même si c'est un lourd fardeau pour nous tous.

— C'est dur, je sais, mais on y arrivera. Du moment que nous pouvons être francs les uns envers les autres, ce sera moins pénible.

Elle sourit.

— Là, je suis d'accord. Nous devons tous nous entraider et nous soutenir.

— Alors de quoi veux-tu parler ?

Elle hésite un instant avant de reprendre :

— Notre première mission est de limiter les changements causés par les voyages dans le temps. Ce qu'Ethan et toi avez accompli dans ce sens, c'est héroïque. Mais notre seconde mission est d'éviter de causer d'autres changements.

— D'accord.

— Et cela veut dire que nous devons être

prudents et disciplinés à tout instant. Nous ne pouvons pas vivre comme les gens normaux : choisir nos amis, fonder une famille... Nous ne pouvons pas risquer de causer une nouvelle épidémie telle que celle que nous essayons d'enrayer. Nous devons être la solution, pas le problème.

– Je comprends.

Je sens les larmes me monter aux yeux.

– Nous devons, tous autant que nous sommes, nous résoudre à ne pas avoir de relations intimes, à ne pas former de couple en dehors de la communauté.

– Tu veux parler d'Ethan, c'est ça ?

– Je parle de nous tous. Ça te paraît sûrement injuste, après tout ce qu'Ethan a fait pour nous aider.

– Oui ! Ce n'est pas juste !

– Mais as-tu pensé au danger que tu lui fais courir ? Sans compter les risques de créer une nouvelle épidémie. Grâce à toi, nous avons découvert les origines du virus Dama X. Tu as vu le début et la fin. Tu comprends que la menace n'est pas limitée à vous deux, elle concerne les générations à venir.

Nous nous regardons, je sais à qui nous pensons à cet instant.

– Prenna, si tu l'aimes, réfléchis à ce que tu peux lui offrir, ce à quoi il renonce. Au-delà du problème des maladies, aura-t-il une chance de vivre une vie pleine et heureuse ? D'avoir des enfants ?

J'enfouis mon visage dans mes mains.

– Je me fiche de ce que pensent M. Robert

et Mme Crew. Je n'ai aucun respect, aucune obligation de loyauté à leur égard. Mais que diraient les autres membres de notre communauté s'ils apprenaient que tu files le parfait amour avec un natif du temps présent ?

Les larmes roulent sur mes joues. Ma mère me prend dans ses bras, notre accord tacite est rompu.

– Nous nous sentons tous seuls, Prenna. Nous aimerions tous être libres. Nous aimerions tous avoir notre place ici, pas être de simples spectateurs. Ce que nous avons perdu nous manque atrocement. Imagine une seule seconde si chacun d'entre nous se mettait en tête de vivre le même bonheur que toi ?

Le temps passe, je me blottis contre elle. Je laisse aller tout mon poids dans ses bras. Elle me tient comme un bébé sur ses genoux. Peut-être ne m'a-t-elle jamais tenue comme ça. J'ai l'impression d'être un bébé, je veux juste me reposer. Je suis son bébé.

– Je suis désolée, ma chérie, me chuchote-t-elle.

CHAPITRE 26

Je n'emporte pas mes débardeurs hideux ni mes shorts, ni même les Tic-Tac. J'ai toujours la playlist sur mon téléphone, mais elle ne servira pas. Je serre longuement le sweat des Giants contre moi avant de le ranger à sa place, sur la dernière étagère de mon armoire.

Nous nous retrouvons sur un parking, au bout d'un sentier qui mène à la rivière. Quand Ethan arrive avec sa tente sous un bras et son duvet sous l'autre, j'ai l'impression que mon cœur vole en éclats.

En voyant mon visage, il comprend instantanément que ça ne va pas. Il plonge ses yeux dans les miens, découvre la vérité, comme toujours, mais parvient à garder un ton léger.

– On n'est pas vendredi ?

– Si, on est vendredi, dis-je, peinant à soutenir son regard.

– On ne va pas camper ?

J'ai le menton qui tremble, ça m'agace.

– J'ai bien peur que non.

Il pose ses affaires sur un banc, à l'entrée du sentier, et nous nous enfonçons dans les bois. Il me prend la main.

– Qu'est-ce qui s'est passé ?
– Y a du nouveau. De bonnes nouvelles. C'est ça, le pire.
– Raconte-moi.

C'est plus facile de parler en marchant, sans être obligée de le regarder en face.

– Hier soir, il y a eu une deuxième grande réunion de la communauté, c'est ma mère qui l'avait organisée. Ils ont élu de nouveaux dirigeants. Ils ont viré tous les conseillers et ont demandé à ceux que ce poste intéressait de poser leur candidature. Ils ont voté pour l'arrêt des comprimés et des lunettes. Pareil pour le système de sanctions et d'emprisonnement. Les nouveaux conseillers seront là pour nous soutenir et nous encourager, pas pour nous rabrouer et nous intimider.

Il me jette un coup d'œil.

– C'est génial, Prenna. Je suis content pour toi. Pour vous tous.

Il est sincère, mais je sens qu'il se prépare à encaisser la suite.

– Ta mère fait partie des nouveaux dirigeants ?
– Non, ils voulaient mais elle préfère prendre la tête de l'équipe médicale et se concentrer sur l'éradication du virus de Baltos. Elle pense qu'ils peuvent le stopper avant qu'il ne mute et ne devienne la peste telle qu'on l'a connue.
– Alors c'est qui, les dirigeants ?
– Des gens qui étaient du même avis que mon père au début, pour la plupart. Des gens qui, comme ma mère, ont été réduits au silence et mis au placard depuis notre arrivée. Tu n'en connais qu'un seul.

– Qui ?
– Moi.
– Tu plaisantes ?
– Non, comme je n'étais pas à la réunion, c'est ma mère qui me l'a appris en rentrant. Ce n'est pas elle qui a mis mon nom sur la liste, mais d'autres personnes.
– Incroyable !
– Je sais.
– Je suis fier de toi, Henny ! Tu leur as montré de quoi tu étais capable !

Je souris.

– Ouais, mais c'est une lourde responsabilité, quand même. C'est sans doute plus facile de jouer les rebelles que d'être le chef, non ?

Il acquiesce. Il a l'air triste.

– J'imagine que, maintenant, tu vas en venir à ce qui me concerne.
– Oui…

Je ralentis.

– Une rebelle peut sortir avec un natif mais pas une dirigeante, c'est ça ?

C'est de l'ironie, cependant il n'a pas tort.

Je m'assieds sur un rocher, au bord de la rivière. Il m'imite. Il faut que je le regarde en face pour lui dire la suite.

– Il n'y a pas que ça…

Je lui prends la main.

– J'abandonnerais tout ça sans aucune hésitation si je pouvais sortir avec toi. Le problème, c'est que je te mettrais vraiment en danger. Le cas de Baltos nous l'a prouvé. Il n'a pas rapporté une maladie préexistante. C'est à cause de ses contacts avec les natifs que l'épidémie a débuté.

Ma mère espère pouvoir la contenir, mais pas si nous en propageons une nouvelle.

Ethan baisse la tête.

— Et si dans la communauté tout le monde décidait de faire comme nous ? Nous ne savons pas de quels microbes nous sommes porteurs ni comment ils pourraient se transmettre.

— Pas encore, souligne-t-il.

— Nous ne le saurons peut-être jamais.

Je me penche vers lui, j'aimerais tellement qu'il comprenne.

— Tu gâcherais ta vie avec moi, Ethan. Tu jouerais ta santé. Tu renoncerais à ta liberté, à tout espoir de fonder une famille. Tu ne peux pas abandonner tout ça, je ne te laisserai pas faire.

— Être avec toi, c'est tout ce qui m'importe.

Je me mets à pleurer. C'était sûr, je ne pouvais pas me retenir plus longtemps. Il m'attire contre lui et me serre contre sa poitrine.

— Du jour où je t'ai aperçue ici, au bord de la rivière, Prenna, je n'ai jamais cessé de penser à toi. Je ne t'ai pas vue pendant deux ans, pourtant pas un jour tu n'as quitté mes pensées. Le fait que j'aie été là au moment où tu es arrivée, que je voie les choses que je vois, que nous ayons accompli cette folle mission ensemble... ça prouve que nous sommes faits l'un pour l'autre.

Je pleure toujours. Je m'essuie le nez d'un revers de main avant de relever la tête.

— Comment peux-tu dire ça ? Je ne suis même pas censée être née ! Ce n'est pas naturel. Le temps ne veut pas qu'on soit ensemble.

— Le temps ne veut rien. C'est toi qui l'as dit, il me semble.

– Oui, mais…
– Nous sommes ensemble. Le temps ne décide pas de tout.

Je sanglote dans son T-shirt. Il est trempé. J'aime son odeur, j'aime être contre lui. Je l'aime. Mais je dois le protéger. J'ai fait en sorte qu'il survive au 17 mai, et je vais faire en sorte qu'il vive encore longtemps.

J'aime sentir son cœur battre contre ma tempe. Il bat en rythme avec la rivière qui coule à nos pieds.

– Ce n'est pas fini, Prenna. Tu vas bientôt t'en apercevoir.

On frappe à la porte de ma chambre. On doit être lundi soir. Je crois, mais je n'en suis pas sûre. Depuis vendredi soir, je ne suis presque pas sortie de mon lit. J'ai perdu la notion du temps.

C'est un véritable effort de sortir de sous ma couette pour aller ouvrir la porte. Je me moque d'être en pyjama, les cheveux en bataille, les dents pas brossées depuis des jours.

– Salut, Prenna.

C'est Katherine. Je vois bien qu'elle a envie de me serrer dans ses bras, mais elle n'est pas encore habituée à ce genre de démonstration d'affection.

– Bonsoir, Katherine.

Elle ne porte pas de lunettes. Ça la rajeunit. Elle est si jolie comme ça.

– Habille-toi vite, d'accord ?
– Pourquoi ?
– Parce qu'on part en balade.
– Où ça ?
– Tu verras. Allez, viens.

Comprenant que ça ne va pas se faire tout seul, elle sort des vêtements de mon placard.

Je me recouche en marmonnant :

— Je suis fatiguée.

— C'est ce que tu m'as dit hier. Et avant-hier.

Elle me tend un short, un T-shirt et un maillot de bain rouge.

— Eh bien, je suis toujours fatiguée.

— Enfile-moi ça.

Je soupire.

— Un maillot ? Pour quoi faire ?

— Mets-le, tu verras.

Elle ouvre la porte de ma salle de bains.

— Va te brosser les cheveux. Te laver le visage. Et les dents.

Je lui lance un regard mauvais, mais je suis trop épuisée pour résister. Katherine est bien plus têtue qu'elle n'en a l'air.

J'emporte mes vêtements dans la salle de bains. Je me lave, je les enfile en évitant de croiser mon reflet dans le miroir. Trop déprimant.

— Monte dans la voiture, j'arrive, m'ordonne-t-elle.

— Je croyais que c'était moi, le chef.

Elle rit en m'escortant au rez-de-chaussée. Elle s'arrête dans la cuisine. Je l'entends discuter avec ma mère, puis elle me rejoint dehors avec un panier de pique-nique à la main.

— Ta mère nous a préparé des tas de bons trucs, annonce-t-elle avec entrain.

Je jette un coup d'œil à l'intérieur : il y a tout ce que j'adore, y compris du jus de mangue et un paquet de Mallomars.

— Arrêtez d'être gentils avec moi ou je vais

devenir énorme, je marmonne en la suivant jusqu'à sa voiture.

Katherine met la musique fort. Mes chansons préférées. Nous filons toutes vitres baissées. C'est vrai que ça fait du bien de bouger un peu.

— On peut discuter, tu sais, Prenna, crie-t-elle pour couvrir la musique et le bruit du vent. Grâce à toi, on peut parler de ce qu'on veut.

Je regarde par la fenêtre. S'il y a quelque chose que je voulais depuis notre arrivée, c'est bien ça, la liberté de parole. Mais maintenant, je ne sais pas quoi en faire.

— De quoi on pourrait parler ?

Katherine a les yeux qui pétillent de malice. Elle baisse la musique.

— De la nouvelle coupe de cheveux atroce de Mlle Cynthia. Ou de sa mauvaise haleine. Des touffes de poils qui sortent des narines de M. Robert.

Nous nous lançons donc sur ce sujet, mais il s'épuise rapidement. Nous savons qu'ils sont finis tous les deux.

Alors à la place, nous parlons de l'avenir. Pas l'avenir lointain, mais le proche. Je sais que Katherine a quelque chose à me dire.

— Je pensais poser ma candidature comme conseillère, m'avoue-t-elle, toute timide.

— Oh, Katherine, c'est une super idée !

Mon cœur se gonfle malgré moi. Ça fait plaisir de voir les pires membres de notre communauté remplacés par les meilleurs.

La route est longue, mais je sens tout de suite quand nous approchons de la côte. L'air doux et salé sur mon visage.

Katherine se gare près du phare de Fire Island. Nous nous déshabillons, ôtons nos chaussettes et titubons pieds nus sur le sable comme des tortues tout juste sorties de l'œuf.

Main dans la main, nous nous aventurons dans l'océan, toujours si calme le soir.

Je contemple la magnifique lune rousse qui se reflète dans l'eau sombre. Mon cœur palpite à nouveau. Je ne demande pas la lune, juste me baigner dans sa lueur.

Même le cœur brisé, nous tendons vers la vie. Nous tendons vers l'espoir.

Je repense à hier soir. J'ai entendu une voiture s'arrêter devant la maison. Même enfouie sous ma couette, je savais que c'était Ethan. Je me suis approchée et, par la fenêtre, je l'ai vu glisser une enveloppe dans la boîte aux lettres.

En retournant à sa voiture, il a jeté un coup d'œil par-dessus son épaule et m'a aperçue, debout à la fenêtre. Il a levé la main. J'ai collé la mienne à la vitre. Nous sommes restés là, à nous regarder. Sa silhouette se détachait en noir sur fond rose de soleil couchant. Je me suis efforcée de retenir mes larmes jusqu'à ce qu'il soit parti.

Dans l'enveloppe, j'ai trouvé les journaux et les billets que nous avions pris dans le box. J'allais les déposer dans le fond de mon placard quand mes yeux sont tombés sur un Post-It jaune fluo. Ethan m'indiquait d'une flèche un article en une du dernier journal, daté de juin 2021.

Le texte décrivait en termes inquiétants la victoire d'un magnat du pétrole et du gaz dans sa croisade pour faire tomber les dernières régulations contre les émissions de carbone, anéantissant les faibles tentatives du gouvernement pour lutter contre le changement climatique. Son nom ne me disait rien, mais je l'ai reconnu sur la photo. Quel que soit le nom qu'il donne, Ethan et moi, nous savons qu'il s'agit d'Andrew Baltos.

Nous n'avons besoin d'aucune preuve pour savoir que nous avons ouvert la voie à un nouvel avenir. Mais ça fait plaisir quand même.

Quand je me suis endormie, plus tard, j'ai rêvé de mon frère Julius. Il n'était pas dans l'ancien monde où je l'avais toujours vu. Il était ici, en pleine forme, dans le jardin d'une maison qui ressemblait beaucoup à la nôtre, un bouquet de jonquilles à la main.

Je repense à ce rêve tandis que Katherine et moi, nous levons la tête vers le ciel, couverture étoilée, si vaste, si ancienne, si belle qu'elle protège forcément un monde qui a pensé à tout.

Toujours main dans la main, nous nageons jusqu'à ne plus avoir pied. C'est effrayant, dangereux, mais c'est aussi palpitant.

Car qui sait ce qui peut arriver ?

ANN BRASHARES Ann Brashares est née aux États-Unis. Elle passe son enfance dans le Maryland, avec ses trois frères, puis part étudier la philosophie à l'université Columbia, à New York. Pour financer ses études, elle travaille un an dans une maison d'édition. Finalement, le métier d'éditrice lui plaît tant qu'elle ne le quitte plus. Très proche des auteurs, elle acquiert une bonne expérience de l'écriture. En 2001, elle décide à son tour de s'y consacrer. C'est ainsi qu'est né *Quatre filles et un jean*, son premier roman, qui devient rapidement une série culte. Aujourd'hui, Ann Brashares vit à Brooklyn avec son mari et ses trois enfants.

Retrouvez Ann Brashares sur son site internet :
www.annbrashares.com

www.onlitplusfort.com

Le blog officiel des romans Gallimard Jeunesse.
Sur le Web, le lieu incontournable
des passionnés de lecture.

ACTUS // AVANT-PREMIÈRES //
LIVRES À GAGNER // BANDES-ANNONCES //
EXTRAITS // CONSEILS DE LECTURE // INTERVIEWS
D'AUTEURS // DISCUSSIONS // CHRONIQUES DE
BLOGUEURS...

Dans la collection
Pôle fiction

M. T. Anderson
Interface

Bernard Beckett
Genesis

Terence Blacker
Garçon ou fille

Judy Blundell
Ce que j'ai vu et pourquoi j'ai menti

Ann Brashares
Quatre filles et un jean
- Quatre filles et un jean
- Le deuxième été
- Le troisième été
- Le dernier été
- Quatre filles et un jean, pour toujours

L'amour dure plus qu'une vie
Toi et moi à jamais

Sarah Cohen-Scali
Max

Eoin Colfer
W.A.R.P.
- L'Assassin malgré lui

Andrea Cremer
Nightshade
- 1. Lune de Sang
- 2. L'enfer des loups
- 3. Le duel des Alphas

Grace Dent
LBD
- 1. Une affaire de filles
- 2. En route, les filles !
- 3. Toutes pour une

Victor Dixen
Le Cas Jack Spark
- Saison 1. Été mutant
- Saison 2. Automne traqué
- Saison 3. Hiver nucléaire

Berlie Doherty
Cher inconnu

Alison Goodman
Eon et le douzième dragon
Eona et le Collier des Dieux

Michael Grant
BZRK
- BZRK
- Révolution

John Green
Qui es-tu Alaska ?

Maureen Johnson
13 petites enveloppes bleues
La dernière petite enveloppe bleue
Suite Scarlett
Au secours, Scarlett !

Sophie Jordan
Lueur de feu
- Lueur de feu
- Sœurs rivales

Justine Larbalestier
Menteuse

David Levithan
A comme Aujourd'hui

Sue Limb
15 ans, Welcome to England!
15 ans, charmante mais cinglée
16 ans ou presque, torture absolue

Federico Moccia
Trois mètres au-dessus du ciel

Jean Molla
Felicidad

Jean-Claude Mourlevat
Le chagrin du Roi mort
Le Combat d'hiver
Terrienne

Jandy Nelson
Le ciel est partout

Patrick Ness
Le Chaos en marche
• 1. La Voix du couteau
• 2. Le Cercle et la Flèche
• 3. La Guerre du Bruit

Han Nolan
La vie blues

Tyne O'Connell
Les confidences de Calypso
• 1. Romance royale
• 2. Trahison royale
• 3. Duel princier
• 4. Rupture princière

Leonardo Patrignani
Multiversum

Mary E. Pearson
Jenna Fox, pour toujours
L'héritage Jenna Fox

Louise Rennison
Le journal intime de Georgia Nicolson
- 1. Mon nez, mon chat, l'amour et moi
- 2. Le bonheur est au bout de l'élastique
- 3. Entre mes nungas-nungas mon cœur balance
- 4. À plus, Choupi-Trognon...
- 5. Syndrome allumage taille cosmos
- 6. Escale au Pays-du-Nougat-en-Folie
- 7. Retour à la case égouttoir de l'amour
- 8. Un gus vaut mieux que deux tu l'auras
- 9. Le coup passa si près que le félidé fit un écart
- 10. Bouquet final en forme d'hilaritude

Carrie Ryan
La Forêt des Damnés
Rivage mortel

Ruta Sepetys
Ce qu'ils n'ont pas pu nous prendre

L.A. Weatherly
Angel
Angel Fire

Scott Westerfeld
Code Cool

Moira Young
Les chemins de poussière
- 1. Saba, Ange de la mort
- 2. Sombre Eden

Le papier de cet ouvrage est composé de fibres naturelles,
renouvelables, recyclables et fabriquées à partir de bois
provenant de forêts gérées durablement.

Maquette : Françoise Pham

ISBN : 978-2-07-066709-3
Loi n° 49-956 du 16 juillet 1949
sur les publications destinées à la jeunesse
Dépôt légal : mai 2015
N° d'édition : 283593 – N° d'impresssion : 197188
Imprimé en France par Maury Imprimeur - 45330 Malesherbes